JN044146

ヘンリー・マーシュ

残された時間

脳外科医マーシュ、がんと生きる

小田嶋由美子訳
仲野徹監修

みすず書房

AND FINALLY

Matters of Life and Death

by

Henry Marsh

First published by Jonathan Cape, London, 2022

孫のアイリス、ロザリンド、リジーに捧げるくりかえし、じっと反省すればするほど常に新たにそして高まりくる感嘆と崇敬の念をもって心をみたすものが二つある。わがうえなる星の輝く空とわが内なる道徳律とである。

――イマヌエル・カント『実践理性批判』〔樫山欽四郎訳、河出書房新社〕

我々は夢と同じ糸で織り上げられている、ささやかな一生をしめくくるのは眠りなのだ。

――ウィリアム・シェークスピア『テンペスト』〔松岡和子訳、ちくま文庫〕

目次

私は、脳神経外科医として四〇年以上働いてきた。この職場は、恐怖、苦痛、死、がんが日常的な世界だ。私も、すべての医師と同じように、患者に思いやりを示しながらも適度な距離を保つという、時としてかなり難しい課題に取り組まなければならなかった。しかし、そこで毎日目にしてきたことがわが身に起こったとしたら、と考えたことはなかったかもしれない。本書は、いかにして私が患者になったかについての物語である。

私は、哲学を学び、やがてそれに見切りをつけ、あちこち回り道をした末に医学にたどり着いた。医師になった時点で私が知っていたのはごく基本的な科学だけだった。今の私は科学に深く傾倒しているが科学者ではない。脳神経外科医の大半は神経科学者ではない。私たちがみな神経科学者だとすれば、配管工はみな冶金学者だということになってしまう。しかし、自分の人生の終点が近づいてきたとき、なぜか俄然重要に見えてきた哲学的、科学的な問題で頭がいっぱいになっている自分に気づいた。かつては、あたりまえだと思っていたり無視していたりした事柄なのだが。本書はまた、こうした問題のいくばくかを理解しようとする私の試みの物語でもある。しかし、必ずしもその答えは出ていない。

第一部　否認

1

あのときは悪い冗談のように思えた。この私が脳のスキャンを受けずにいたことを後悔するだなんて。私は常々、患者や友人たちに、よほどの問題でもなければ脳のスキャンはしない方がいいとアドバイスしてきた。結果を見たらがっかりするかもしれないよ、と彼らに言ったものだ。

あるとき私は、健康な人を対象とした脳スキャンの調査に志願した。好奇心から自分の脳を見たいと思い、実物を見るのは無理だからMRIのグレイスケール画像だけでも、と考えたのだ。私は、手術中の患者の脳やスキャンされた脳画像を見ながら人生の大半を過ごしてきた。医学生として初めて脳外科手術を見学したときには畏怖の念を抱いたものだが、脳神経外科医になって研修がはじまるとすぐにその気持ちは消えてしまった。そもそも手術中は、人間の脳という物質がどうやって思考や感情を生み出すかという深遠なるミステリーや、これがどうしたら意識的であり、かつ無意識的でありうるのかという難問についての哲学的思索にふけっている暇はない。まして、患者にメスをふるいながら、手術室の外で不安に押しつぶされそうになりながら待つ患者の家族のことを思って気を散らしたくはない。こうした考えや感情は完全に消せるものではないが、医師は、それを自分自身から切り離す必要がある。とにかく重要なのは手術であり、手術に必要な自信なのである。手術中の医師は、すさまじく集中している。

おそらく私は、自分の脳を見れば、脳神経外科医の道へと私を導いた神経科学に対する情熱が裏づけられ、崇高な気持ちで満たされるとでも思っていたのだろう。しかし、それはただのうぬぼれだった。のんきにも私は、スキャン結果によって、自分が「老化の兆しがほとんど見られない稀有な人間である」ことが証明されると思い込んでいたわけだ。今になればわかるのだが、私は、引退していたにもかかわらず、相変わらず医師のように考えていたようだ。つまり、病気は医師ではなく患者だけがかかるものであり、私は依然として頭脳明晰で、完璧なバランス感覚と協調性と優れた記憶力を持っていると。私は毎週何マイルも走り、バーベルを持ち上げ、積極的に腹筋をこなしていた。だが、実際に自分の脳画像を目にすることになったとき、こうした努力はすべて、迫り来る海の潮流を空しくも止めようとしたクヌート王の行動のように思えた。

郵送された脳検査結果のCDを私が開封したのは、検査から数カ月たった後だった。それまで自分にさまざまな言い訳をして結果の確認を先送りにしていた。CDからコンピューターにデータをダウンロードするのは面倒そうだ、外国での講演がいくつも控えている、養蜂場での作業があるし、孫たちと過ごすための時間も必要だ、等々。おそらく脳画像に映っているものを予感しつつも、その不安を抑え込み、あえて頭から追い出していたのだ。

ファイルのダウンロードはものの数分で完了した。コンピューター画面に表示された脳画像に目を向け、普段患者の画像を確認するときと同じように、一枚一枚、組織片ごとに、脳幹から大脳半球へと見ていきながら、私は、圧倒的な絶望と無力感にとらわれていた。自分の葬式に参列する予感を覚えたという人々の話が頭をよぎった。私が見たのは進行中の「老い」である。それは、MRIの白黒のピクセルが予言する死と消滅であり、その一部はすでに現実となっている。私の七〇歳の脳はしおれたように縮んで、若かりし脳の残念な劣化版になっていた。脳の白質には不吉な白い斑点があった。これは、小血管疾患である虚血性障害の兆候であり、いろいろな呼び名があるが、医師の間では白質高信号域として知られている。たちの悪い発疹のように見えた。雑な言い方をすれば、私の脳は腐りはじめている。私は腐りはじめているのだ。予言がなされ、命の期限が切られた。

夜、星を見上げるといつも畏怖の念とともに不安がこみあげる（加齢で視力が落ちて、星も見えにくくなってきている）。星の冷徹で完璧な光、そのかぎりない数や途方もない距離、そして永遠ともいえる星の命は、私の短い一生とは大違いだ。自分の脳画像を見ていたら、星を見上げたときと同じ気持ちになった。目をそむけたいと強く思った。それでも、自分を叱咤して画像を一枚ずつ再確認し、その後は、二度と見なかった。あまりにもおぞましい。

私の脳画像にあらわれた白質の変化に関しては、広範な医学文献がある。白質には、実際の神経細胞である灰白質を結びつける数十億という軸索――電線――が大量に含まれている。八〇歳ともなると、大半の人にこうした変化が起こる。白質の存在は脳卒中のリスク増加と関連があるが、認知症の兆しなのかどうかははっきりしていない。八〇歳になれば、六人に一人が認知症を発症するリスクがあり、そのリスクは長く生きるほど高くなる。いわゆる「健康的なライフスタイル」が認知症のリスクをある程度（研究者の中には三〇パーセントと言う人もいる）減らすのは事実だが、どれほど気をつけて生活しても、老化から逃れることはできない。運がよければ、その速度を緩められるというだけのことだ。長生きは、必ずしもよいことではない。むしろ、あまり必死に長寿を目指さない方がいいのかもしれない。

私は、写真に写った自分を見たくなくなる年齢に達している。写真の私は、自分で思っているよりずっと老けて見える。とはいえ、年々、朝ベッドから起き上がるのがしんどくなっているし、以前より、疲れやすくなっているのも事実だ。私の患者たちも、私が彼らの脳画像にあらわれた老化の兆候を指摘すると、自分ではまだまだ若いと思っているんですよ、と言い張る。年とともにシワが増えることは受け入れられても、内なる自分とも言える「脳」が同様の変化にさらされている事実は受け入れ難いのである。こうした変化は画像診断報告書において「変性（ディジェネレーティブ）」と記載されるが、この不穏な語は、単に「年齢に関連する」という意味である。加齢とともに脳は着実に縮んでいき、長生きすれば、頭蓋骨に閉じ込められた脳脊髄液の海に浮かぶしなびたクルミのようになってしまう。私たちは、衰え、遅鈍になり、忘れっぽくなるが、それでも真の自分のままだと思っているのが普通である。

問題は、その真の自分——私たちの脳——が変化し、私たちも脳とともに変化しているとき、私たちには自分が変化したということを知る術がないという点にある。これは、古くからある哲学的問題だ。朝、目を覚ましたとき、昨日の自分が今日の自分と同じ人間だとどうすればわかるのだろう？　十年前と比べたらどうだ？

脳画像に見られる老化による変化について患者に説明するとき、私はいつも変化の程度を控えめに話していた。脳の一部を切除しなければならない手術のとき、切除についてはっきり言葉にすることはなかった。人はたいてい暗示を受けやすいので、医師は慎重に言葉を選ばなければならない。私たちが発する一語一語、そのそれぞれのニュアンスを患者たちがどれほど気にするかを医師は忘れがちである。知らず知らずのうちに、さまざまな心身症状や不安を引き起こしてしまうこともあるのだ。私はたいてい罪のない嘘をついた。画像に写っているのが年相応の変化だけで、それ以外に不吉な兆候が何もなければ、患者を喜ばせるために「あなたの脳は、年齢の割にとてもよい状態です」と言ったものだ。患者は笑顔になって、来たときよりもずっとよい気分で診察室を出て行く。アメリカの高名な心臓専門医バーナード・ラウンは、患者に嘘をつくこと、または、少なくとも事実が示すよりも大幅に楽観的になることがいかに重要であるかについて書いている。ラウンは、自分が大げさなくらい前向きな態度を見せたことで、心臓病で死期が近い患者たちが回復したというエピソードを紹介している。

希望は、医師が自由に処方できるもっとも貴重な薬の一つである。助かる見込みは五パーセントだと告げることは、死の可能性が九五パーセントだと言っているようなものだが、よい医師は、九五パーセントの死亡率を否定したり隠し立てしたりせずに、生存率の五パーセントの方を強調する。それはパンドラの箱だ。箱の中から恐怖や病気がぞろぞろと出てきたとしても、そこには必ず希望が残っている。最後の最後にようやく希望の灯がともるのだ。希望は、統計的な確率や功利性の問題ではない。それは心の状態であり、心の状態は、脳における物理的状態である。そして、私たちの脳は、その身体(とりわけ、心臓)に密接に結びついている。現実的には、人工知能を強力に推進する研究者が言うような、肉体から切り離された脳という発想は意味がないかもしれない。ただしこれは、優しく接して希望をもたせれば、がんが治り、永遠に生きることができるという話ではない。人間の心は、あらゆる現象をひとつの原因に帰そうとするものだが、大部分の病気はさまざまな影響の産物であり、希望の有無はそうした多くの要因の一つにすぎない。

私は、一六世紀のドイツ人芸術家アルブレヒト・デューラーによる細密な銅版画のコピーを持っている。母から相続したものだ。この作品には、書斎のデスクに座る聖ヒエロニムスが描かれている。書斎は、凝った造りの天井や大きな窓とがっしりとした袖壁のある中世の美しい部屋で、窓の小さなクラウンガラスから斜めに陽光が降り注いでいる。一匹のライオンが前方の床で眠っているが、このライオンは、聖ヒエロニムスのエピソードによく登場する動物である。彼が、このライオンの前脚に刺さった棘を抜いてあげた後、ライオンは従順なペットのような存在になったという。ライオンの横には忠誠心を象徴する犬がいる。聖ヒエロニムスは、キリスト教会における初期の教父の一人だった。彼は、五世紀のローマで、裕福な未亡人たちから熱狂的な支持を得ていたと言われている。未亡人の娘の一人が彼の影響を受け、彼から禁欲的な生活を送るよう教えられ、彼は後に彼女の死について責任を問われた。彼女の死は、現代の拒食症のような病気が原因となったという説もある。私が聖ヒエロニムスに会っていたら、おそらく彼を好きになれなかっただろうし、彼のことを一種の狂信者だと思っただろう。それでも私は、知恵と知識のオーラを放つデューラーのエッチングが大好きで、この作品に描かれたデスクを模したテーブルを作ったこともある。聖ヒエロニムスのデスク脇の棚に頭蓋骨がある。これは、中世の哲学者のモチーフにしばしば用いられるアイコンだ。「メメント・モリ」、来たるべき死を忘れるな、という警告である。私の脳画像も同じだ。どれほど慎重にその画像を見ても——実際私は目をこらしてそれを見た——そこには何ひとつ私の知らないことはなかった。私の脳は老化している。記憶力は衰え、動きも思考力も鈍くなり、私は死ぬのだ。

私の脳画像が示す結果が望んだものとは違う可能性を予想しているべきだった。同様に、気になっていた前立腺の症状は、加齢にともなって多くの男性が経験する良性の前立腺肥大症によるものとはかぎらず、がんによるものである可能性にも気づいているべきだった。だが、私は病気は患者に起こるものであって、医師には関係ないと思いつづけていた。すでに引退して医師ではなくなっていたのに。脳画像を撮影してから二〇カ月後、私は進行性前立腺がんだと診断された。何年も前から典型的な症状があり、徐々に悪化していたのに、助けを求めるまでにずいぶん長くかかってしまった。私は自分をストイックな人間だと思っていたが、実際には臆病者だった。最初はただただその診断が信じられなかった。それほど否認の気持ちは根深かった。

私は、デューラーを真似て、長いこと書斎の棚に人間の頭蓋骨を飾っていた。その頭蓋骨は、長年勤めた病院が閉鎖され場所を移すことになったとき、ゴミの山に埋もれた箱から見つけたものだ。かつてそこにいた誰かが練習用に使ったようだ。頭蓋にいくつかの穿頭孔があり、穴の間には、とっくに使われなくなった手動の手術用のこぎりでできたらしい切り込みがあった。それ以外は驚くほど傷のない状態だった。茎乳突筋が付着する、耳の後方の骨にある針状の小さな突起も欠けていなかった。頭蓋骨を触ったり動かしているうちにこの骨は壊れることが多いのだ。しかし、進行がんの診断を受けたとたん、私はこの頭蓋骨を眺めることが愉快に感じられなくなった。私はそれを以前働いていた病院の同僚に譲り、教材として使ってもらうことにした。

2

概して私たちは、慣れ親しんだものとの類似点により新しい現象を理解しようとする。人間の脳について、わけても、脳の意識的活動と無意識的活動の関係について、人類が理解を試みてきた歴史は、メタファーの歴史でもある。

物理学者が原子構造の研究をはじめたとき、彼らはそれを電子が原子核の周りを動く太陽系モデルのミニチュア版として視覚化した。ただ、原子に比べて原子核は格段に小さく、大聖堂の中のハエだと譬えられた。電子は原子核のまわりを旋回しながらスピンしていると考えられたが、実験により分子が量子レベルで奇妙な動きをしていることがわかり、巨視的考察から導き出されたこの説明はうまくいかなかった。このため、電子のスピンは、きわめて精度の高い実験結果を説明する、電子の数学的特性の名前にすぎなくなっている。神経科学の問題は、信頼できる数学的方程式はおろか、私たちの脳に対する適切なメタファーを見つけられていないことにある。楽観主義者は、われわれもいつか量子力学の方程式と同じくらい強力な方程式を見つけるよ、と言う。しかし、私には信じられない。友人の神経科学者が以前私に言ったように、バターでできたナイフでバターを切ることはできないのだ。

一七世紀以降、無数の神経科学的調査が行われてきたが、人の脳についてわかっていることは依然として著しく限定されている。ただ、思考、感情、運動などに脳のどの部分が関与しているかを示す脳のトポグラフィー、そしてその基礎となる電気化学的生理機能の一部については、詳細が明らかになっている。私が医学生だったときに心をとらえられ、今でも私を魅了する脳の美しいマッピングや構造図を思い出す。私たちは、古代都市を発掘する研究者のようなもので、都市が造られたレンガや、レンガがどのように接着されているのかを説明できる。都市、その道路、建物の正確な地図を描くことはできる。しかし、そこに住んでいた人々のネットワークについてはほとんどわかっていない。ただし、これは譬え話であり、事実とはほど遠い。

昔の解剖学者は、大脳基底核の扁桃体（アーモンド）や、脳幹のオリーブなど、果実やナッツにちなんで脳の部位の一部に名前をつけていた。紀元前四世紀、ヒポクラテスは脳を人間の思考と感情の中心だと解していたが、初期の医学者で脳を重要視している人はほぼ皆無だった。アリストテレスは、脳は血液を冷やすラジエーターだと考えた。それから五〇〇年後、ギリシアの医学者ガレノスは、脳の唯一重要な部位は、脳自体の組織ではなく、その中央にある液体で満たされた空間――脳室――だけだと主張した。初期の医学者たちは、黒胆汁、黄胆汁、血液、粘液という四つの体液を基本として身体と脳を理解した。患者の体内で何が起こっているとしても、医師はこうした水分の排出を手がかりにするしかなかったのである。一七世紀に入り、科学に大規模な変革が起こると、脳は当時の最新テクノロジーの観点から語られるようになってきた。デカルトは、脳と神経を水圧メカニズムとして説明した。水圧の力を利用した技術は、デカルトの時代に生まれたものではないが――アルキメデスらがすでに古代世界でこの技術を盛んに利用していた――、当時の新機軸には、ガリレオをはじめとする研究者たちによりなされた水圧技術の体系的な研究や、裕福な人々の邸宅に造られた凝った噴水があった。一九世紀、脳は蒸気エンジンに譬えられ、その後電話交換機が説明に使われた。しかし、二〇世紀に入りフロイトがとなえた精神分析理論は、依然として水力モデルに依拠しており、イドとエゴはあたかも水洗トイレの部品のような印象を与える。そして現代、言うまでもなく、脳はコンピューターのような存在とみなされている。

しかし、私たちは自分の脳にお目にかかったことはないし、おそらく脳を理解するためのメタファーも持ち合わせていない。私が朝ベッドから起き上がろうと苦労しているとき――なかなか起きられない問題は引退とともにはじまり、がんのためのホルモン療法と放射線治療によりひどく悪化していた――私の頭に浮かぶのはいつも海のメタファーだ。意識を持った私の自己は深い海を進む小さな船のようなものだ。あるいは、目覚めたときに海面に浮上する潜水艦のようなものかもしれない。私はその船の舵をとっているつもりになっているが、実は航路は風と深層海流によって決まるのだ。もちろんこのメタファーは間違っている。私の意識的自己と無意識的自己は、ある意味で、説明することが不可能な同じ現象の一部なのだ。潜水艦は海の一部であり、海と乖離した存在ではない。有意識と無意識との関係について説明しようとする作家の多くは、混乱するアナロジーとメタファーの波に沈んでしまう。あるいは、もう少し謙虚な言い方をすれば、私は自分が読んだもののせいで混乱するようになった。私の意識的自己と無意識的自己（もっとましな言葉があればいいんだが）は、同じ素材、つまり私の八六〇億個の神経細胞の電気化学的活動からできている。「私」は私の有意識であり、かつ無意識である。両者は別々の存在ではないのだ。

心理学者や哲学者の中には、自己感は幻想にすぎないと得意げに話す人もいる。私は、オックスフォード大学で短期間哲学を学んだが、その後、より現実的な医学という世界に逃げ込んだ。ただ、一年間ではあったが哲学を勉強したことで、少なくとも「すべてはあなたが何を意味するかによる」というフレーズが重要であると知った。「自己」という言葉を定義することは容易ではないし、幻想という言葉は、単に見た目とは何かが違っているという意味である。「自己」という言葉の意味を探してウサギの穴に飛び込むつもりはないが、私の脳が縮んでいく間に私が何を失うのかなど知りようもないことは理解している。どうすれば過去の自分と今の自分を比べることができるのだろう？

スキャナに横たわったとき、私は検査の結果は心配していなかった。それよりも、顔にプラスチック製のバイザーをつけ、耳にヘッドホンをかぶせた状態で一時間もじっとしていられるかどうかが気にかかっていた。だが、実際にはどうということはなかった。私はトランス状態に入り、マシンが立てる奇妙な音に魅了された。

ＭＲＩ検査を突き詰めると、量子力学に至る。量子力学について私が知っているのは、日常生活にそれをあてはめようとしたところで理解不可能であるということだけだ。超微細な量子の世界では、物質の粒子が私たちの過ごす日常的な世界ではありえない振る舞いをすることを受け入れるしかない。粒子は、同時に波であり粒子でありうる。それらは障壁を通って進み、からまり、同時に二箇所に存在することができる。アインシュタインの言葉によれば「不気味な遠隔作用」である。このクレイジーな微視的世界がどうやって、巨視的世界――そこでは、量子の粒子とは違って、私たちが壁を通り抜けて歩くことはできないし、同時に二つの場所に存在することもできない――に組み込まれるのかは謎であるが、とにかく、そうなっている。

受検者が横たわるＭＲＩのガントリー〔照射口を含む筒型の部分〕内には強力な磁場が発生している。磁場は、体液の水素原子に存在するプロトン（陽子）を同じ方向に「スピン」させる。物理学者は、この現象を惑星やおもちゃのコマのような回転ではなく、抽象的な数学的性質としてとらえるべきだと言う。立ち上がり、磁気を帯びた受検者のプロトンは、その後、可視光線と同種の電磁放射線だが周波数が異なる無線周波数（ＲＦ）放射線のパルスで衝撃を与えられる。この放射線は低エネルギーで、（高エネルギーの電離放射線と対比して）非電離放射線と呼ばれる。電離放射線は、原子から電子を払いのけて、分子を互いに密着させている化学結合を断ち、損傷を与えることができるため、がんの放射線治療などに利用される。私はまもなくそれを知ることになるのだが。

MRIスキャナのRFパルスは、磁気を帯びたプロトンをアラインメントからたたき出し、エネルギーを増加させる。放射線が止まると、「励起」されたプロトンは「遷移」し、放射線を放つことにより余分なエネルギーを放出する。この放射線を受信機が受け取り、スキャン画像を生成する。バリバリ、パチパチとマシンガンのような騒音が響いた。雷かと思えば静かなハミングになり、それはおよそ予想できないリズムだった。老化した生命体である私の脳は、磁化され、照射されたが、私は何も感じなかった。

よく言われることだが、大きな数を具体的に思い描くのは難しい。アマゾンの狩猟採集民ピダハン族は、3を超える数を持たない。3を超す数はすべて「たくさん」という言葉で表す。簡単な算数の問題もなかなか解けないらしい。ただ、そもそも彼らにはそんな必要はないのだ。キリスト教宣教師から人類学者に転身したダニエル・エヴェレットによれば、ピダハン族は将来についてあまり案じていないという。エヴェレットは、彼らの言語を学び、その過程で自身の信仰と家族を失った。ピダハン族は、西洋社会の精神疾患には無縁で、3を超える数を必要としていない。

一六世紀にヨーロッパで顕微鏡と望遠鏡が発明されると、新しい世界――膨大な数字の世界――への扉が開かれた。人間が裸眼で見ることができるのは、星や電子スペクトルのほんの一部でしかない。私たちの体を構成する細胞を見ることは(肉眼で認識できる女性の卵細胞を除いて)絶対無理だし、私たちの周囲や体内に存在するバクテリアやウイルスを見ることもできない。電気の発見、顕微鏡検査、脳スキャンなどの新しい技術により、人間の脳についての理解は深まってきているが、まだかなり限定的である。

人は一個の細胞から命をスタートし、最終的には腸や皮膚など三〇兆個の細胞から成る生物になる（腸管の中や皮膚には、さらに多くの数のバクテリアがいて私たちはそれらに依存している）。私たちの心臓は、平均すると四〇億回ほど鼓動する（この数は、多くの動物でほぼ等しく、ネズミの心拍数は一分間に五〇〇回、長寿で知られるガラパゴスのゾウガメは一分間に四回である）。地球の年齢は四五億歳、宇宙はおよそ一四〇億歳である。地球上には、八〇億人近くの人々がいる。

「私」の存在は、脳の八六〇億個の神経細胞であると言われても、すんなり理解することはできない。シナプスと呼ばれる結合部で神経細胞同士をつなぐ配線は少なくとも五〇万キロの長さがあり、これは地球から月までの距離よりも長い。大脳皮質（脳の表層部分）には一立方ミリメートルに最大一〇万個の神経細胞と一〇億個のシナプスが含まれる。推定では、成人の脳には約一二五兆個のシナプスがあるとされる。

標準的な建築用レンガの厚さは六五ミリである。一二五兆個（脳内のシナプスの数）のレンガを積み重ねると、冥王星や太陽系を超える高さになる。私には、こうした数字が現実離れした理解しがたいものに感じられる。老化した私の脳では、かつて難なく扱えていた小数点や指数を処理できなくなっているのではと不安を覚え、ごく単純な計算を何度も確認してしまう。しかし、それは単に私たちが、途方もなく大きな数字や指数関数を想像できず、数式の形でしか理解できないからだとも言える。

レンガはメタファーにすぎない。大きな数字を視覚化する助けになるようにと、あらゆる種類のメタファーが使われてきた。しかし、どれもすべて空振りに終わった。想像を超えた数字の前では、簡単な算術と格闘するピダハン族と同じように私たちも無力なのだ。それは、自分の脳を見て、脳画像が物語る事実を知ったときに私が感じた無力感と同じだろう。

神経細胞（ニューロン）は、入出力装置にたとえられる。神経細胞は、その構造により大きく異なるが、共通しているのは軸索、細胞体、樹状突起である。樹状突起は入力装置で、細胞体から枝を伸ばして森を作り、シナプスが他の神経細胞との接触点となる。一方、出力装置である軸索は、細胞体から突き出した一本のケーブルのような構造を持ち、シナプスで他の神経細胞の樹状突起や脳の外部にある筋肉や臓器に結合される。軸索は長さがまちまちで、足の筋肉をコントロールする神経ではメートル単位、脳の中では一メートルの百万分の一であったりする。八六〇億個の各神経細胞は、シナプスで他の無数の神経細胞に結合できる。電気インパルスは軸索を通って進み、樹状突起を介して神経細胞に結合する。こうしたインパルスは、神経細胞が自身の軸索を通じて別の神経細胞にインパルスを発射することを促進または抑制することができる。神経細胞が発射するか否かは、その樹状突起が他の神経細胞から受け取っている大量の情報が実質的にどれだけの効果を有しているかによる。

なにしろ、八六〇億個の神経細胞と一二五兆個のシナプスがからんでいるのだ。しかし、話はさらに込み入ってくる。神経細胞は単純なオン・オフスイッチではなく、発射速度を変化させ、軸索に長さの異なるインパルスを送ることができる。神経細胞の発射パターンが一種のコード――原則的にはモールス信号と同じコード——であると考えたくなるが、実際には、その推定が正しいかどうかまったくわからない。今のところ、脳が計算するという話はエビデンスではなく、信念の問題である。脳がコンピューターのようなものかどうかという議論が時として非常に白熱する理由は、おそらくここにある。

そして、一二五兆個のシナプスは、受け取った電気インパルスにより完全に制御される単純なスイッチではなく、ある程度の自立性を持っていると示唆する最近の研究もある。しかも、軸索と樹状突起の結合は直接的な電気的接合でもない（それらは脳内にも存在する）。シナプスの軸索部分は化学物質——神経伝達物質——を放出する。その化学物質は樹状突起部分に作用して、受け取り側の細胞の電気状態を変化させて神経インパルスを伝える。私が医学生だった一九七〇年代には、神経伝達物質として知られているものはノルアドレナリンとアセチルコリンの二つだけだったが、現在少なくとも一〇〇個の物質が同定されている。

そして、神経細胞の周囲には最低でも八五〇億個のグリア細胞が密集している。この細胞は、かつて染色体に含まれるDNAの多くが取るに足らない「がらくた」のように扱われたのと同じように、せいぜい発泡スチロールの梱包材程度のものとみなされていた。しかし、いずれの仮定も間違いであると証明された。

互いに刺激し抑制し合って、外界や身体（脳もその一部だ）に反応する、この風変わりで想像を絶するほど複雑な神経細胞のダンスから、思考や感情、色彩や音、苦痛や喜びなどのすべてが生まれる。

私が私であるという感情や、自分の脳画像を見たときの落胆もここから生じている。しかし、こうしたさまざまな現象が、同じ物理的プロセスからどのように生じるかについては一切わかっていない。

今、私の脳は縮みつつある。脳の萎縮に、脳の白質（神経細胞をつなぐ、ミエリンに絶縁された軸索）の萎縮や、神経細胞自体（いわゆる灰白質を形成するもの）の死滅がどの程度影響しているのかはまだ解明されていない。もっとも、人の知能が脳の細胞やシナプスの数だけで決まると考えるのは間違っている。生後一八カ月の赤ん坊の脳には、大人より多くのシナプスがある。それ以降の発達期においては、新しいシナプスの形成と同じくらい、「シナプス刈り込み」として知られるシナプスの除去が重要になる。脳は経験によって造形され、使われていない結合は除去される。二歳になるまで、どの文化圏の子どももすべての言語の基本音を聞き分けることができるが、それ以降は、母語の音素しか認識することができなくなる。たとえば、中国の子どもたちは、子音のLとRを聞き分ける能力を失う。また、幼少期の経験、とくに貧窮の経験は、その後の人生に壊滅的な影響を及ぼすことがわかっている。私は自分の脳画像が明らかにした萎縮を深読みしすぎているのかもしれない。むしろ、知能は脳の大きさやシナプスの数だけの問題ではないという考えに多少なりとも慰めを見出すべきなのだろう。孫娘たちが元気いっぱいで走り回り、大声をあげ、遊んでいる姿を見るのはとても楽しい。彼女たちは超一流の学習能力を持っている。私は近所に住む元数学教師の友人に数学の授業を受けているがかなり難儀しているので、彼女たちのことが少しうらやましい。

3

私が日記をつけはじめたのは一二歳のとき、テストステロンの分泌と思春期の訪れにともなって自我に目覚め、自意識が高まった結果だ。しかし、一〇年後に読み返してひどく気恥ずかしくなり、日記を全部処分してしまった。今では処分したことを後悔している。扱いにくかった子ども時代の自分と向き合ってみるのも一興だったろう。過去の自分の記憶は、特定の事実が少しだけ組み込まれてはいるが、大部分は自己満足的な制作物である。しかし、日記は、多少の客観性を与えてくれる。私はその後も毎日のように日記を書きつづけてきた。そうすることが強迫観念であり義務になっていた。めったに読み返すことはなかったのだが、新型コロナウイルス感染症のパンデミックがはじまったときに自分が何を考えていたかを知りたくなって、日記を開いた。

イギリスでロックダウンがはじまったちょうど一カ月前の二〇二〇年二月二三日まで、私の日記にはコロナウイルスについての記載がなかった。ただ、その何週間も前から武漢というところで何が起こっているかは誰もが耳にしていた。武漢は小さな村だと思っていたが、実際には人口一一〇〇万人の大都市である。しかし、武漢は遠く、自分たちとは関係のない場所だった。私の日記には、コロナウイルスが広がっているらしく、クローン病で免疫抑制剤を服用している妻のケイトにとっては大きな脅威になりそうだ、と書かれていた。とはいえ、記憶しているかぎり、とくに不安を感じてはいなかったはずだ。その後の数日間、日記にはコロナウイルスに関する記載はなく、天気（降りつづく雨）、オックスフォード運河沿いの水門管理人のコテージをリフォームするという私のプロジェクト（なかなかはかどらない）、定期的に行っている運動（苦しいし退屈だが、たまに爽快）など、いつもの話題が綴られていた。四日後、ニュースはコロナウイルス一色だとこぼし、またケイトを心配して彼女が死ぬかもしれないと記した。そして私は、このウイルスが重大な脅威であるかどうかよくわからない、と矛盾する言葉をつけ足している。どうやら私は、オックスフォードのアパートメントの床材が製作中の本棚の重みに耐えられるかどうかという問題をもっと気にしていたようだ。

一年後にはロンドンの家を売って、多少気乗り薄ではあるがオックスフォードに引っ越すつもりだった。ためらっていたのは、ロンドンで蒐集した本、身の回りの物、道具類、木材のすべてをオックスフォードの住まいに収められないとわかっていたからだ。庭に仕事場を作れる田舎の隠れ家的住まいが欲しいと、引退する少し前に使われていない水門管理人のコテージを購入したのだが、コテージはとても小さくろくに置き場所がないので、引っ越しに際してはかなり多くの物を処分しなければならない。ロンドンの家には深い思い入れがある。オーク材の床板、奇抜な扉の装飾、屋根裏部屋の改築、ほぼすべての部屋への本棚設置など、二〇年かけて家を改良してきた。ここには庭もある。小さいが混沌とした楽園のようなこの場所で私はハチを飼い、さまざまな木工道具が備わった仕事場を持っている。しかし、この家で私が手がけた大工仕事の多くは出来が悪く、やり直す必要があるという現実にも直面していた。加えて、考えると気が滅入ることがある。それは、そもそもあんなふうに無我夢中で物を集めていた自分の最終目的は何だったんだろうという疑問だ。

二月末、私は日記に、コロナウイルスは確実にパンデミックになりそうだと書き、自分の心配はしていないが、ケイトが生き残れないのではないかという不安を記した。その夜、私はパンデミックを思い、世界の終わりについて考えながらベッドに入った。医師仲間で一般の人々の間でも知名度の高い知り合いが、コロナウイルスに感染し重症化した。彼女から届いたメールには、ポストを開くときには手袋をした方がいいと書かれていた。彼女は憔悴しきった様子でBBCのニュースに登場し、どれほどつらい思いをしたかを語った。これを見て私は腹を立てた。彼女は過剰に反応し、パニックをあおっていると感じたのだ。しかし、今となっては、私の否定的な態度の方が問題だったことが明らかで恥ずかしくなる。私にはまだこれから起こる激しい変化を受け入れる心の準備ができていなかったのだ。予想のつかない状況に立たされたとき、誰もがまずパニックと拒絶の間で揺れ動く。私はがんの診断を受けたとき、そのことに気づいた。

その後の三週間で、新型コロナウイルス感染症は私たちの生活を支配するようになっていった。だから、三月二三日、いよいよロックダウンが実施されたときには、ある種の興奮が生じた。車も飛行機も姿を消し、通りと空は突然静まりかえった。商店の棚はたちまち丸裸にされた。外に出ればウィルスに感染する心配があり、食料品を見つけるのも難しい状況では、買い物に行くことさえちょっとした冒険だった。トイレットペーパーがなくなったので、私は浴室の洗面台に腰掛けた。ニュースは、死者数が増加の一途をたどり、とくに高齢者にその傾向が顕著であると報じていた。その高齢者の枠には自分も含まれることを渋々認めざるをえない。外出するときは手袋をし、買った物はすべて漂白剤の希釈液で拭いた。

政府が引退した医師に復職を呼びかけたとき、私は迷わず志願した。任務の要請に応じる英雄的な自己犠牲の精神に惹かれ、また、微力ではあっても、また重要な存在になりたいと思った。パンデミックについて私が最初のころに抱いていたイメージと同じように、こうした感情はどこか漠然としたものだった。ところが復職のための煩雑な手続きをこなしていくうちに、私は不安を感じはじめていた。大勢の医療スタッフが病気になり、何人かは亡くなった。自分は臆病で偽善者なのかもしれないと引け目を感じたが、復職者を募った運営側のスタッフに、年齢的にも私はコロナ病棟で働くべきではないように思うと告げた。一方、高齢の脳外科医が救急の場で役に立つのかどうか、私にもNHSにも判断がつかなかった。

そうこうするうちに、ケイトが慢性の咳と発熱で体調を崩した。ケイトはオックスフォードにいて、私はロンドンにいた。彼女は恐ろしいウイルスに感染してしまったのかもしれない。パンデミックに直面して政府は混乱し対応が遅れていたため、ケイトは検査を受けることができなかったが、私たちは話し合って、彼女から私にウイルスが感染する可能性を考慮して、私はロンドンに残るということになった。それからの数日間、彼女が死ぬかもしれないと思うと怖くてたまらず、妻への愛の大きさに圧倒されていた。私の恐怖はおおげさではなかった。私たちが結婚した一六年前、ケイトはインフルエンザにかかり、重い肺炎を併発した。彼女が病院をいやがったので、職場の後輩に抗生物質を手に入れてもらい、自宅で彼女の治療をした。彼女が死にかけたのはこれが初めてではなかった。クローン病が原因で腸閉塞と膿瘍を発症したこともあった。

私はコロナウイルスで妻が死ぬという、いくつかのシナリオを頭の中で組み立ててみた。そのどれもがひどく悲惨なものであったが、同時にこれまでともに過ごした幸せな二〇年間が思い出された。精神科医なら、私が事態を破局化〔ある問題について最悪の状況を想像して極端な考えにとらわれる現象〕していると言うかもしれないし、おそらく私は過剰に反応しているのかもしれないが、最悪に備えることでいったん問題を脇に置いて、来たるべき現実を待つ方が容易だと考えた。私と妻は一日に何回も電話で話し、そのたびケイトは、ガラガラ声で咳き込みながらではあったが、きっとよくなるから、と言って私を安心させようとした。そして、数週間が過ぎ、ゆっくりとであるが彼女は確かに回復していった。

ロックダウンは予想だにしなかった世界規模の体験であったが、ロックダウンの当初、私は、ケイトの病気のことを案じ、各国が死者数を争う命がけのオリンピックが行われているかのようにメディアが絶え間なく流す死者数のニュースに気を取られていた。私も発病するかもしれないと怯えてもいた。しかし、乾いた咳と発熱は新型コロナウイルス感染症によるさまざまな症状の一例にすぎないとわかってくると、ロックダウンの数週間前に私自身が感染していた可能性がかなり高いことに気づいた。二月の初旬、私は長年無料奉仕(プロボノ)で仕事をしてきたウクライナを訪れ、イヴァーノ＝フランキーウシクのメディカルスクールで講義を行った。帰国後まもなく、これまで経験したことのないような激しい腹痛と震えの発作に見舞われた。ベッドに入り体温を計ると、意外にも平熱だった。その数日後、突然鼻血が出た。五〇年以上なかったことだ。少し慌てたが、とくに気にしなかった。ケイトにコロナウイルスの典型的な症状が現れたとき、彼女にも鼻血が出たことを聞き、初めて私はこれらの症状を考え合わせてみた。インターネットを検索すると、新型コロナウイルス感染症の珍しい腹部症例について書かれた医学論文が見つかった。それを読んで、おそらく自分は感染したことがあり、今は免疫ができているのだろうと結論づけた。もちろんこれは確信にはほど遠く、希望的観測にすぎないかもしれないが、それでも私はそう信じることに決めほっと安堵したのだ。たぶん自分にはこのウイルスに対する免疫があると考えたとき、これほど強い感情を持つとは想像できなかった。それは、恐怖心ではなく、赦し、つかの間の猶予、逃げ込める場所、そして大きな喪失感だった。

ロックダウンの期間は、もっとも美しい春の季節と重なっていた。季節の変化を物語るように日が延び晴れわたって暖かい。小さな楽園のような裏庭の灌木が一斉に花を咲かせ、冬の間枝だけの骸骨のようになっていた木々には、わずか数日で青々とした葉が塔のように生い茂った。仕事場の前にある巣箱からミツバチが慌ただしく飛び出し陽の光の方へとジグザグに飛んで行った。そして、ロックダウンが完全な平安と静寂をもたらした。空気は田舎に来たかのように新鮮で、空は澄んだ青色だった。聞こえてくるのは、鳥のさえずり、遊んでいる子どもたちの声、木々を抜ける風の音だけだ。夜になると、突然静かになった街を満月が優しく見下ろし、星が輝いていた。ここ、ロンドンのSW19エリアは天国のように美しかった。時間は止まっていた。永遠とは、時間がかぎりなくつづくことではなく、それが消えることである（宇宙論者は、時間は本当に止まることがありうるというが、それはウィンブルドン・ヒルのわが家の裏庭ではなく、ブラックホールの縁でのことだ）。夕方、私は庭に腰をおろし仕事場の向こうの小さな公園に目を向ける。果てしなく広がる藍色の空を背に夕陽に照らされた公園の高い木々を見上げると、少しの間心が空っぽになったような気がした。

しかし私は、抗しがたいほどの喪失感も感じていた。生活が完全に停止したため、絶え間ない動きに惑わされることなく、過去と未来がはっきりと見えた。私が膨大な時間と労力を注ぎ込んできたわが家は、とても美しく、そして悲しい場所になった。老い、衰弱、死へと向かう第一歩として、私はここを去る以外の選択肢をほとんど持っていない。静けさ、きれいな空気、鳥のさえずりは、自動車や環境汚染や気候変動によって失われてしまったものを私たちに思い出させた。不自然なほどの好天は、自然の調和が崩れ、これから今以上に悪いことが起こると教えてくれた。

風が揺らす木々を見ながら、私は多くの人々に比べて自分がいかに恵まれているかを痛感していた。ロックダウンの間も、手ずから作った家と庭と仕事場があり、年金と健康な体があったのだから。しかし、すぐにそれが永遠に変わってしまうとは思いもしなかった。そして私は、ウクライナの医師仲間と仕事をするときにいつも滞在していた、キーウのテルオイエシシャウイナという活気がなく木も生えていない旧ソ連郊外の町を思い出していた。木のない土地で育つのは、どんな感じなのだろう。

4

引退した後、専門書の飾り文字がパッと目に入ったときのように、かつての患者たちの記憶がたびたび頭に浮かぶようになった。木々を見ていたら、エクアドルから来た脳腫瘍の男性のことを突然思い出したこともある。その患者は熱帯雨林を調査する植物学者だった。確か、彼の姉がロンドンに住んでいた関係で私に会いに来たのだったと思う。仕事に復帰すると、彼は私に熱帯雨林の写真を送ってくれ、同封の手紙で熱帯雨林への尽きせぬ愛を語っていた。とても感動したことを覚えている。あの手紙を取っておけばよかった。彼の腫瘍は結局完治せず、数年後に彼は亡くなった。亡くなる前に姉から必死に助けを求める手紙が届いたが、その望みをかなえてあげることはできなかった。彼のこと、そして自分が結局彼を助けられず胸が痛んだことをはっきりと覚えている。

進行性前立腺がんと診断されて自分が患者になってから、なぜか完全に忘れていた患者たちのことをしきりに思い出すようになった。驚いたことに、それは三〇年以上も前の患者だったりする。患者になってからの私は見捨てられたような暗澹たる気持ちだったので、大勢の私の患者たちも大きな不安を抱えていたのだとようやく理解し、そんな患者の気持ちから私はあえて目を背けていたことを悟った。かつての患者たちが、怒りに満ちた亡霊となって私を罰するためにやってきたのだろうか。彼らはそこら中にいて、日々思うこと、目にすること、聞こえてくる音の背後に潜んでいた。最初からやり直せたら、自分はどれだけいい医師になれるだろうかと考えた。若かったときの私に欠けていた思いやりや同情心に満ちあふれた医師になっただろうか。しかし、そうなっていたら、私は手術室に入り、手袋をはめ、患者の頭にメスを入れることができなくなったのでは？　正直、まったくわからないが、痛みはじめた手の関節炎がそうした疑問を意味のないものにするのは確かだ。

本気で感情移入したら、つまり、患者の気持ちをそのまま感じるとすれば、医師という仕事はできないだろう。共感は、エクササイズと同じく重労働であり、それを避けるのは自然なことである。ただ、その過程で人間性を失うことなく、かぎられた範囲で思いやりを発揮しなければならない。まだ医師として働いていたとき、私はこの境地に達していると思っていたのだが、今患者になって振り返ってみると、本当にそうだっただろうかと考え込んでしまう。

患者と感情的に距離をおく「デタッチメント」よりもはるかに悪いのは自己満足だ。患者と距離をとっていれば、たとえ思いやりがうわべだけのものだったとしても、少なくとも原則的には仕事をうまくこなすことができる。患者に危害が及んでもあまり心を痛めていないように見える外科医を何人か知っているが、そうした医師はあくまでも少数派だ。しかし、自己満足に陥れば、悪い結果でも漫然とそれを受け入れ、改善の努力をしなくなるので、結果的に患者がツケを払うことになる。部門別または他分野にまたがる症例検討会では、出席者は驚くほど容易に独善や「集団浅慮」に陥る。事を荒立て、空気が読めない同僚と思われることは誰も望まないし、失敗や悪い結果はただちにうやむやにされる。症例検討会が本来目指すものとは正反対の結果になるのだ。そして、昔の医師は自律性を発揮できたが、現在の「管理された」医療の世界では医師の自律性はほとんど認められず、結果が悪ければ人材不足のせいにし、あるいは他人のせいだと言って、何も手を打たないという流れになる。しかし、正直に言えば、かつて医師が今よりもずっと独立心と自律性を持っていたときでさえ、自己満足に陥りやすい傾向はあった。患者は誰でも、最後には亡くなる。死が避けられたかどうかは判断――判断という言葉の持つあらゆる矛盾、脆弱性、偏りを含めて――の問題である。

私は、引退後も以前属していた部門の死亡症例検討会に助言者のような立場で出席していた。しかし、そこで適切に自分の役割を果たすのが非常に困難であることに気づいた。今や私も、脳画像に不穏な影を持つ患者だった。私は、目の前の壁に次々と映し出される患者たちの検査画像を見つめた。それは傷つき病んだ脳や脊椎の画像で、多くはがんだった。画像が暗示する悲劇についてジュニアドクターがたどたどしい口調で説明するのを聞きながら――同席していたシニアドクターたちはめったに口を出さず、興味なさそうに見えた――私は激しく動揺していた。

共感や思いやりを制限するもっともシンプルな方法は、人（そしてすべての生物）を「自分たちと彼ら」に分けることだ。研究によれば、人は生後わずか数カ月でこの行動をとりはじめるという。私がまだ前臨床課程の医学生で、病棟での勤務経験がなかったとき、メディカルスクールの授業に実際の患者を数人迎えたことがあったのだが、見ていてつらい講義だった。私たちは、木製のベンチが半円形に配置された古い講義室に座り、壇上に患者が一人ずつ連れてこられるのを見ていた。講義を行ったのは、メディカルスクールから半マイル離れた場所にある有名な神経内科病院の神経科医だった。彼は嬉々として患者たちの「病気の兆候」を実演した。患者の一人は、手術不可能な脊髄腫瘍を患う若者だった。

講師の神経科医は「昔は筋骨たくましい兵士だったんだがね」と楽しげに話しながら、気の毒な男性に上半身裸になるよう言った。そして、筋肉がごっそり落ちた患者の体を私たちに見せると、おおげさな身ぶりで医療用ハンマーを手に取り、医学用語を使うなら「病的に活発な」反射を引き出した。患者の兆候を実演するとき、神経科医はショーマンシップを発揮するのが常だ。脳スキャナが発明されて、医師の診断の間違いがたびたび明らかにされるようになるまで、彼らは、マジシャンが帽子からウサギを取り出すように診断を下したものだ。この講義のときの実演がとりわけ痛々しく感じられたのは、講義室に来てくれた患者たちがきちんと服を着て登場し、病院にいるわけでもないのに、私たち学生の目の前で服を脱がされたことも大きかった。患者は、入院したとたん非人間的な存在になるので、医師は自然と彼らを冷めた目で見ることができるようになる。

この講義は五〇年近く前の話で、今では状況が改善されている。私は英国王立外科医師会のＦＲＣ

S（Fellowship of the Royal College of Surgeons）最終試験の試験官を長年務めてきた。この試験の臨床パートでは患者が参加する。私たちは、敬意を持って患者を扱うよう最善を尽くす。しかし、患者の多くは、不安そうな受験者が試験官の手厳しい質問に四苦八苦する姿を見るという貴重な体験をむしろ楽しんでいるようだ。試験では一種の役割逆転が起こる。いつもとは逆に、自信満々の若き医師たちが患者のことを恐れるのだ。

がんの診断を受けてまもなく、日付まではっきり覚えていないが、私は妙に生々しい夢を見た。幼いとき家族で飼っていた老犬が、こわごわと私に近づいてきた。私はこの犬が大好きだったが残忍な方法でしつけたことがあった。年を取って白髪になり関節炎を患う彼の頭をなでてやりながら、私はこう言った（実際には思っただけかもしれない）。「私もおまえも年を取り、すっかりぼろぼろだ。でも、大丈夫。これから庭に連れていってやるから、膀胱を空にしておいで。私もおまえと同じ問題を抱えてるんだ。それに、私たちはそう長くは生きられない」。この夢は強烈な愛情を呼び覚まし、「悔悛の秘跡」〔告解と悔悛の後、罪の赦しを与えるカトリック教会の儀式〕を感じた。もちろん、赦しを求めたのは私だけだったが。前の晩、不安で暗い気分のままベッドに入ったが、夢から目覚めると、生まれ変わったかのように穏やかで幸せな気持ちになっていた。私は起き上がり、五マイルのランニングに出かけた。走ることを心から楽しめたのはここ数カ月で初めてのことだった。

元患者たちの記憶は時とともにあまり気にならなくなってきたが、それがこの夢を見たからなのかどうかはわからない。かつての患者の記憶にたびたび悩まされていたとき、私が患者をないがしろにしていたと認めれば、救われるのだろうかと思ったものだ。告解は、一種の手品で、おとぎ話だ。

5

私は六五歳で常勤の外科医の仕事を引退したが、新型コロナウイルス感染症が地球上にまん延するまで、ネパールとウクライナを中心に海外での仕事はつづけていた。ネパールでは、同じ医師で友人でもあるデヴ（正式には、ウペンドラ・デヴコタ教授）が経営する病院で数週間仕事をし、後で私の息子のウィリアムが合流し、いっしょにヒマラヤにトレッキングに出かけたものだった。

二〇一九年一二月に息子と二人で行った最後のトレッキングでは、二日間で二〇〇〇メートルといういささか速すぎるペースで登り、標高四三〇〇メートルのゴサインクンドに到達した。前回のトレッキングでは、問題なくもっと高いところまで行けたので少し過信していたようだ。前のときはもっとゆっくりと登っていたのだ。しかも今回は、高山病に効くアセタゾラミドを飲まなかった。

ゴサインクンドは、ヒマラヤ山脈の高地にある少々殺風景な高山湖だが、ヒンドゥー教の伝説では重要な場所であり、巡礼の地である。青い肌を持つシヴァ神は、毒（天・空・地の三界を守るために自ら飲んだと言われる）で喉を焼かれながら、水を求めて三叉の槍で地を突き、トリスリ川を作った（実際のトリスリ川は北方のチベットに源流を持つ）。ゴサインクンド湖で水浴びをすると罪が洗い流されると言われているが、私は試さなかった。水が冷たすぎた。湖は低い山々に囲まれている。まだ雪は降っておらず、山はサジーで錆色に染まっていた。サジーは苦みのある小さな実をつけるグミ科の低木で、その実は、（それが何を意味するにせよ）どんな病気も治癒し、免疫系のバランスを整えるとされている。私はその実も試さなかった。山々からこんこんと流れ出て、青や白に色を変える水をたたえた壮大な氷河の川は、勢いよく花崗岩の大岩を越えてネパールを南下している。以前の何回かのネパール訪問でデヴと郊外の病院を訪れたとき、カトマンズからインド国境に向かう街道にある小さな遊山地によく立ち寄った。それは峡谷の端、トリスリ川のはるか上方にあり、私たちはそこで珈琲を飲みながら、ゆったりと流れる眼下の川と、両岸の棚田や濃緑色の丘陵の眺めを楽しんだ。デヴは、インドからの道もなかった彼の子どものころの話をしてくれた。川にかかった唯一の橋はロープでできていたそうだ。ポーター（運搬人）は、徒歩でインドまで行き、塩の入った麻袋を肩に担いで戻ってこなければならなかった。現在は道路ができているが、たびたびバスが崖の縁から下の峡谷に落ちて多くの死者が出るなど危険きわまりない場所だ。私も実際に二回そうした事故の直後の様子を目撃したことがあった。人々が無言で道端に立ち、数百フィート下のつぶれたバスを見つめていた。

デヴは、私と息子がゴサインクンドを見た一年前に死んだ。死亡記事によれば、彼は長く患うことなく亡くなった。死因は、肝臓の胆管から発生し、進行が速く致死率の高い胆管がんだった。彼は治療のためにロンドンを訪れ、化学療法の効果があらわれず腫瘍が進行していることが明らかになるまでの六カ月近くを病院で過ごした。デヴにつきそっていた奥さんから、彼に会って欲しいと言われた。がんがかなり進んで、彼は自分の死期が近いことを悟り私に別れを告げたかったのだ。そのとき彼とどんな言葉を交わしたのか思い出せないが、私が帰ろうと立ち上がったとき、彼が私を引き寄せ、私たちは抱擁した。病室を出て病院の長い廊下を歩きながら、私は、最後のときが来たら、彼のように威厳を保っていたいものだと思った。彼はなんとかネパールに戻ることができたが、二週間後、自分の病院で息を引き取った。彼を失って寂しくてたまらない。

トリスリ川は曲がりくねってタライまで流れていく。タライはネパールの低地の平原で、一九六〇年代にＤＤＴが散布されるまで、マラリアがまん延していた。そのときまでタライに住むことができたのは、高い自然免疫力を持つタルー族だけだった。マラリアの根絶後、インド南部から数百万という人々がタライに移住し、今日までつづく民族間の緊張が生じた。今では平坦で川幅が広く流れが穏やかになっているトリスリ川は、インドに流れ込み、最後にはガンジス川に合流する。しかし、その川が何百マイルも流れてベンガル湾に到達するまでには、世界中の大河の多くと同じように、大量の有毒なゴミで汚染されてしまう。一年前、私はパキスタンのカラチで講演を行った。ある夜、インダスデルタのマングローブ湿地に浮かぶポンツーン（自航力のない箱船）のレストランに連れて行かれた。その夜は満月で、川の真ん中に連なるプラスチックゴミが月の光に照らされていた。墨色の水面に月明かりで白く浮かび上がる大量のゴミは、はじめも終わりもなかった。そして、それはグロテスクだが奇妙に美しく、邪悪な目的を秘めているかのように、完全な静けさの中、私たちの前をゆっくりとインド洋に向かっていた。

標高二五〇〇メートルを超えると、急性高山病が発症することがある。一部の人が他の人よりもこの病気を発症しやすい理由や、同じ人が場合によって発症するときとしないときがある理由はわかっていない。しかし、チベットの人々は低地人とは異なるDNAを持ち、そのおかげで高地で生活することができるという。彼らのDNAにはデニソワ人のDNAが含まれている。デニソワ人は、「ホモ・サピエンス」と交雑した初期のホミニン（ヒト族）の一つである。彼らのヘモグロビンは、低地に住む人々のヘモグロビンよりも効率的に酸素と結合する。急性高山病は、脳や肺に過剰に水分がたまる脳浮腫や肺水腫に進行すると命の危険がある。毎年ヒマラヤではこの病気で登山者が命を落としている。カトマンズで働いていたとき、私は、この病気にかかったトレッカーや登山家の脳画像を見たことがあるが、脳全体に小さな出血がいくつも見られた。軽症の場合、呼吸に問題が生じ（とくに夜間）、周期的に呼吸状態が変化する特徴が見られる。呼吸が徐々に早くなるのを感じたかと思うと、突然息がとまる（医学用語では「無呼吸」）。その後、大きくむせるような声を出す。この病気の人はなかなか寝つけない。呼吸がしだいに速くなって眠りに落ちそうになるが、無呼吸が起こると眠気を引き剝がされて目が覚め、息苦しさで空気を求めてあえぐことになる。

この原理はごく単純なのだが、神経メカニズムの詳細となると非常に複雑で完全には解明されていない。私たちは酸素を吸い、二酸化炭素を吐き出す。脳は血液中の酸素と二酸化炭素の濃度を常に監視して、両者を適切なレベルに保っている。高地では空気中の酸素量が少ないため、呼吸数を増やさなければならない。これによって血液中の二酸化炭素濃度が低下し、脳がうまくバランスをとれなくなる。こうなると、呼吸は加速しては突然停止するサイクルに入る。呼吸が止まると、必死で肺に酸素を取り込もうとして、ぞっとするようなあえぎ声をあげて浅い眠りから目覚める。

私たちが宿泊していたティーハウスは電気もなく暖房は石油ストーブだけというとても簡素な施設だった。外の気温はマイナス五度で強風が吹いていた。はがれた屋根のトタンが風に吹かれて機関銃のように大きな音を立てていた。ウィリアムと私には仕切られた小さなスペースが与えられたが、ベニヤ板の壁は薄っぺらで、仕切りを隔てた隣の男性の頭が私から数インチしか離れていない位置にあるので彼の寝息や彼が寝袋の中で落ち着きなく動く物音が聞こえてくる。

私はうとうとしたと思ったら、浅い眠りから目覚めていた。眠りに落ちていくにつれ、しだいに何を考えているかわからなくなっているのを感じたが、数分後、私はあえぐように大きく息を吐いて覚醒した。すると私の頭の中が真っ暗な部屋になって、夢うつつのまま、いろいろな考え、顔、抽象的なイメージなどが次々と映し出されるスライドショーを見ているみたいになった。不思議なのは、この断片的なイメージが完全にランダムなものだと理解できるほど、あるいは、少なくとも理解していたらしいと思えるほどには目が覚めていたことだ。それらのイメージには私にそれとわかる意味を持ったものは何もなかった。

ここ数十年で、睡眠に関する画期的な科学が生まれた。それは、頭蓋骨と頭皮を介して脳表面の電気的活動を記録するEEG（脳波記録）と機能的スキャニング（fMRIとPET CT）に依存した科学である。この新しい技術が登場するまで、睡眠は休息の時間であり、その間脳の活動は最小限に抑えられると考えられていた。

一九五三年、ほとんど偶然の産物だったが、二人の研究者がある事象を発見した。それは、私たちが眠っている間、閉じたまぶたの下で眼球が素早く動いている時間帯があるということだった。その後の研究で、睡眠は厳密にレム（急速眼球運動）とノンレム（非急速眼球運動）に振り分けられ、特徴的な脳波パターンを持つことが明らかにされた。通常、一回あたり約九〇分の睡眠サイクルが五回ある。寝入りばなは主にノンレム睡眠だが、夜が更けるにつれてレム睡眠が増えてくる。一般的にノンレム睡眠には眠りの深さに応じて四つの段階がある。ノンレム睡眠時、EEGでは、脳の電気的活動のすべての波が同期し、多くの場合徐波型を示す。レム睡眠では、EEGは脱同期し、活動が非常に活発で不規則になり、覚醒状態と区別できない。レム睡眠から目覚めた人は、通常、筋の通った夢の話をするが、ノンレム睡眠から目覚めた人は支離滅裂な話をする。

夢の中身はでたらめに見えるかもしれないが、私たちの眠り方はでたらめではない。すべての哺乳類と鳥類にはレム睡眠がある。よく言われるように「それは進化によって保存されてきた」。だからこそ重要なのである。睡眠不足があまり長引くと命にかかわる。目の見えない人は視覚的映像を伴う夢は見ないが、睡眠中の素早い眼球の動きはある。捕食動物は、被捕食動物よりもレム睡眠時間がずっと長い。イルカは脳の半分だけを使って眠り、渡り鳥のグンカンドリも同じように眠る。レム睡眠を奪われた人は、あたかもそれを渇望しているかのように、ますます早くレム睡眠に入るようになる。また、レム睡眠が奪われると、感染症への抵抗力が低下することから、睡眠が脳だけでなく他の点からも重要であることがわかる。乳児や子どもは、大人に比べてずっと長くレム睡眠をとる。

最近発見された「グリンパティック系」は、睡眠中とくに活発になるらしい。これは、脳内でリンパ系と同様の働きを持ち、老廃物を排出すると考えられている。アルツハイマー病で蓄積されるアミロイドタンパク質の排出は、夜間に行われる可能性がある。もっとも、アルツハイマー病の発症に関するアミロイドタンパク質の正確な役割については議論の余地がある。睡眠障害はアルツハイマー病の症状としてよく知られている。ただ、睡眠障害がこの病気の原因になっているのか、逆に結果としてあらわれる症状なのかはわかっていない。このように奇妙で興味深い事実は、枚挙にいとまがない。こうしたすべてが何を意味するかについては、多くの学術的論争があり、レム睡眠と夢を見ることが同義であるという説も広く受け入れられているわけではない。しかし、睡眠、そしておそらく夢を見ることが、学習とさらには忘却にも関与していることには疑いの余地がない。最近の研究により、ノンレム睡眠は記憶の整理と定着に、レム睡眠は、おそらくは新しく独創的な方法での記憶の並べ替えに関与していることがわかっている。しかし、私が一番知りたい「夢は何かを意味しているのだろうか？」という疑問にはまだ答えが出ていない。

呼吸がうまくできないせいで浅いノンレム睡眠から引っ張り出されるたびに、私は戸外でヒマラヤの強風が吹き荒れ、屋根をガタガタと揺らす音を聞いた。私は少しの間自分の頭の中で見たあの不思議なスライドショーについて考えるが、再びスライドショーがはじまる前に、深いノンレム睡眠に落ちて行き、私が自分自身の観察者であるという感覚が少しずつ解けてきた。これは私の脳の内部構造を評価する深遠で意義深い光景なのか、あるいは、考古学では重要な作業である、貝塚――古代にゴミが捨てられた穴――を掘り返す行為に近いのだろうか？　私が見ているものはどれも、私の脳が編集している記憶の切れ端なのか、あるいは、単に私の脳が時間つぶしのために自由勝手にジャイロスコープのように回転しているだけで、動きを止めれば倒れてしまうものなのか？

浅いレベルのノンレム睡眠によるスライドショーが夢を見ていることと同義なのかどうかについては意見の分かれるところだ。レム睡眠の夢の中で私たちは、ときには当事者として、ときには観察者として、自分自身に物語を話しているように感じるし、夢が展開していくと、そこに深遠な意味や筋書きがあるように思える。ところが、他人の夢となると、まれに突拍子もない部分に興味をそそられることはあっても、たいていは退屈でしかない。夢を見た本人だけが体験した蜃気楼のようなお話に思えて、際だった物語は期待できないのだ。まるで私たちは、物事の意味を解明し、それをストーリーに仕立てて、その原因と結果を――たとえそんなものが存在しないときでも――見出さなければならないという強迫観念にとらわれているかのようだ。脳機能画像を見ると、理性的思考や分析に関連する脳の部分――背外側前頭前皮質――は、レム睡眠中は比較的不活発であるが、視覚、記憶、感情に関連する領域は非常に活発であることがわかる。納得のいく事実ではあるが、このことからは夢の内容になんらかの意味があるかどうかは何も見えてこない。

フロイトが「無意識」を発見したわけではない。私たちがなぜこのような行動をとるのかを完全には自覚していないという概念は、決して新しいものではない。フロイトは、イド（id）から生じる子どもじみた性的衝動や攻撃的衝動は、自我と超自我により抑圧されるという「心の水力学モデル」を提唱した。蓄積されたプレッシャーは、夢をみることで解放される。夢の中では、許されない願望が受け入れ可能な形に変換される。言い換えると、心は奥深くにある許されない願望（母親とのセックスなど）を攪拌する。洞察力のある精神分析医は自由連想法を用いて夢を解読する。要するに、夢の内容は、暗号化された形式ではあるが、何かを意味しているという理論だ。フロイトは自説を裏づける十分なエビデンスを示していないので、私たちも反証を挙げる必要はない。精神分析はカルト宗教の教えの多くを発展させたとされ、同様に、オカルト的な知識を用いて夢を解釈し未来を予言するシャーマンや神託者とも明らかな類似性がある。

しかし、私たちの誰もが、意味を持つ、そしてときには恐怖や愛をはらんでいるように思える夢を見たことがある。夢は、通常混沌として一風変わっているものの、目覚めているときの生活との関連性は明らかであるように見える。私は、何年もたっているのに、こうした「霊的な」夢のことを今でも覚えている。科学文献は、うつ病、ＰＴＳＤ、統合失調症における夢に関する研究で溢れており、夢は時計のチクタク音のような単なる随伴現象ではなく、意味を持っているという印象を拭い去ることは不可能だ。ケクレとベンゼン環、ドミトリ・メンデレーエフと元素周期表、ポール・マッカートニーと「イエスタデイ」など、夢から得た有名な啓示の話はたくさんある。しかし、こうした啓示も意識的な努力の結果もたらされたものであり、それらがレム睡眠中に生じたのか、白昼夢を見ているときに生じたのかは定かではない。そしてここでも、メタファーの問題に立ち戻ることになる。つまり、無意識と有意識の関係をどう説明すればいいのか、という問題だ。両者は別々の存在ではなく、同じ現象の一部である。この問題を言葉にする難しさは、光や物質における波動と粒子の二重性を理解することがいかに困難か（実際には不可能なのか）という命題と似ている。

ゴサインクンドで暗い部屋に横たわり、低酸素症に対処しようとする私の脳の働きで眠りに落ちそうになってはそこから引き戻されながら、神経性膀胱炎の不快感に悩まされていた。その時点では膀胱に浸潤していたがんには幸い気づいておらず、私はただぐっすり眠りたいと思っていた。こんなとき、意識は重荷になる。有意識の私は無意識の大海に浮かぶ何も知らない小舟だ。私は波の下に沈んで眠りを引き寄せたいと切望していた。

不眠症のつらさは、神学者が「痛みの問題」と呼ぶ難題を私に思い起こさせる。神が私たちを率いる善なる存在であるならば、何ゆえ神はこの世にこれほどの苦痛を許したもうたのか？　神学者たちは、説得力のある答えを出せていない。私たちには自由意志があるのだから、すべての悪は私たち自身の落ち度であるとか、神はきわめて神秘的な方法で働いているのだなどという説明がせいぜいだ。神義論という学問分野全体が、この単純なパラドックスをわかりにくくするための煙幕を張ることに専念している。抜け道は、すべての過ちは来世で正されるという理屈である。思うに、来世への信仰を排除すればどんな宗教も破綻する。神経科学に関して言えば、もし私たちや私たちの脳が数十億という神経細胞やシナプス、複雑な電気化学的スイッチであるならば、なぜ痛みは痛みを伴うのだろう？ 難しい決断はなぜ難しく感じるのか？ 低酸素症はなぜこれほど不快なのか？ 進化はなぜ感情を進化させたのか？ いったいぜんたい、なぜ私は眠れないのか？

この答えのキーになるのはおそらく、私たち人間、そしておそらくはほとんどの動物が決断を下すとき、論理的思考だけでなく感情を指針としている点であろう。論理的思考と感情という古典的な区別は間違っている。これらは対立するのではなく、協力し合うものなのだ。ウルバッハ・ビーテ病という非常にまれな変性疾患で、少数ではあるが扁桃体を失った人がいる。扁桃体は感情、とくに恐怖に関する感情を持つために不可欠である。扁桃体を失った人は論理的な思考はできても、決断を下すことはできない。

朝になってウィリアムと私が寝袋から出たとき、体はこわばり冷え切っていて寝不足だった。私たちは、凍えるような夜明けの中で暗く威嚇するようなゴサインクンドの湖を見下ろした。そして、山岳ガイドのシェルパたちとともに次の峠を目指して出発した。彼らも昨晩はあまり眠れなかったとこぼした。それでも、私に比べると彼らはずっと屈強で健康である。この理由は、彼らが有するデニソワ人のDNAにあるのだろうが、私には彼らの弱音を聞くことがむしろうれしかった。冷たく暗い谷を出てさらに上へと登っていくと、行き着いたのは、陽光が差し込み、背後にヒマラヤ山脈の美しく圧倒するような景色が広がる場所だった。アンナプルナから、マナスルとガネーシュを挟んで、ランタンリルンやヘランブーまで、それらの向こう側にあるチベットも含め一〇〇マイル以上の景観を見渡すことができた。こうした山々を見るとなぜあらゆる不安や形而上学的な問題が解決されるのかわからないのだが、実際そうなのだ。ひどい夜を過ごしたにもかかわらず自分が力強くとても健康に感じられることに驚きながら私は歩を進めた。後日ウィリアムに聞いたところでは、その日の私はとてもゆっくり歩いていたそうなので、きっと私は自分を欺いていたのだろう。

6

母によれば、私は「物を作らなければ」という強迫観念にとらわれていたという。それも、ごくごく幼いころからその傾向があったらしい。その衝動がどこから来るのか見当もつかないが、自宅もかなりの部分を自分でこしらえた。最初の結婚をしたときはまだ医学生でその後ジュニアドクターになっても多くない給料で長時間働いていたので、経済的な事情が、私の大工仕事への執着を妻に納得してもらうある程度の正当化事由になった。しかし、やがて専門医になり十分な報酬を得るようになると金銭面での理由はなくなったが、私はそれをやめられなかった。

最初の家では、新しいキッチンを作ろうと思い立ち、夜中、奥の二部屋を仕切るレンガの壁を取り壊したことがある。それから二〇年たち、結婚が破綻して言い争うようになると、妻は私の理不尽な行動の一例としてこのときのことを持ち出してきた。他の悪行と比べてとりたててひどいものではなかったはずなのだが。彼女は、朝起きたらキッチンがレンガの粉で覆われ、壁がなくなっているのを見てショックを受けたと言った。彼女は大げさに言っていただけかもしれないが、私の行動には狂気めいたものがあったと今はわかる。一〇年後にその家を売ったとき、購入希望者の不動産鑑定士から、私が壊した壁は実は上階の梁を支えるものだったので、これまで天井が落ちなかったのは幸運だったと指摘された。ガスコンロや床下のガス管を含め、新しいキッチンの取りつけも自分でやった。夜中の三時にようやくガスコンロが使えるようになると、私は暗闇の中をよろめくように裏庭に出て、「フィアット・ルクス！」〔ラテン語で「光あれ」の意味〕と叫んだ（ただし、隣人を起こすほどの大声ではなかった）。その日の午前中、職場でひどい偏頭痛に悩まされたことを覚えている。それから少しして、私は本来ならば使用すべきだった湯煎用の鍋を使わずに、ガスコンロで蜜ろう、テレピン油、カルナバワックスから家具用つや出し剤を自作しようとした。混合した液体が爆発し、キッチンには有毒な黒い煙が充満した。

二一年前、最初の結婚が険悪な形で終わってまもなく、私は今住んでいる家に引っ越した。それはロンドン南部では標準的な二軒一棟式住宅で、正面の切妻の下にある円形のくぼみに1887と刻まれている。一八八七年当時の地図を見ると、この場所には、数本の道路と何軒かの家がある以外は田畑が広がっていた。一般的な家屋は「ツーアップ・ツーダウン」タイプで、一階に二部屋と二階に二部屋があり、奥にキッチンと食糧貯蔵庫のための増築部分が張り出していて、その上に予備寝室を備えている。私の家はロンドン・ストック・ブリックというレンガで建てられたが、家の裏側は残念ながら後年小石で塗り固められた。兄が私のために一八九一年から一九一一年までの国勢調査を調べてくれて、この家に少なくとも二〇年間ジョン・アンドリュースという印刷工が妻と息子とともに住んでいたことを突き止めた。人は自分の家を完全に所有し、家がその人の一部のようになっているため、他の誰かがその家について自分と同じように感じていたとはなかなか想像できない。かつて自分が住んでいた家に、とくに子どものころに住んでいた家に、他人が住んでいると思うと不愉快に思うように、他人がかつてここにいたと想像すると威圧感のようなものを感じる。そして、自分が去った家には誰が入るのか、その家は誰に引き継がれるのか、と考える。私がときどき自分の手を見て、それを使って私がしてきたすべてについて考え、いつかこの手も、医学生のときの私が興味津々で解剖した死体の手のように、どんなふうに冷たく白い手になるのだろうかと考えるのと同じように。

私の家は勤務していた病院から自転車で五分のところにある。私はアイルランド人の建築業者の未亡人からこの家を買った。亡くなる数カ月前、その老建築業者は、裏庭に座って静かに鳥を眺めていたと隣人から聞いた。その地所を手に入れたとき、庭は荒れ放題で、塀にツタが伸びていた。ツタは木々にもからまってぶらさがり、その一部はずっと前に枯れていた。しおれた芝地の脇にぽつんと一輪のバラが咲き、その下にはヤブツバキとハアザミが茂り、地元の小さな公園を背にしてむきだしのセメントブロックの小屋があった。ロンドン郊外の賑やかな場所にもかかわらず、ここは驚くほど静かだった。

私はこの家の改築に二〇年を費やしてきた。ほぼすべての作業を自分の手で行い、その結果ますますこの家に執着するようになった。家の正面の上部には広いロフトスペースがあり、私はそこを屋根裏の書斎に改装した。後方の増築部分にかかる屋根が傾斜した隙間（高さ約四フィート）を私は倉庫として使った。そこへは、わずか二二インチ四方の跳ね上げ戸から出入りする。

その倉庫は、不要な物でぎゅうぎゅうになっていた。イーベイで売ったり、地元のリサイクルセンターに持ち込んだりするよりも、ここに押し込む方が簡単だったのだ。デジタルカメラの登場で要らなくなった写真用暗室機材、新しいモデルが出るたびにしまい込んだ少なくとも一ダースのコンピューター、大量のケーブル、低圧変圧器や照明の箱、古いテレビ、スピーカー、LPレコード、ハイファイ機器、古着がつまったぼろぼろのスーツケース等々。

家の脇にあるガレージ――私が建てたものだが、これも屋根から雨漏りしていた――の一画には、生涯にわたって私が集めてきた大量の木材が置いてあり、その横に六フィートの高さまで段ボールの記録文書箱が積み上げられていた。それは、集塵管の中に巣を作ったコマドリのフンとクモの巣で覆われていた。記録文書箱には、私が個人診療の仕事から引退するまでの七年間の診察メモすべてが入っていた。こうした記録は七年間保管するよう法律で義務づけられている。

私の診療記録の法定保管期限が切れるのと、ロックダウンの開始時期が重なった。機密書類をシュレッダーにかけてくれる地元の会社をオンラインで見つけた。ロックダウンにもかかわらず営業していたということは、書類をシュレッダーにかける作業は必要不可欠な業務だったのだろう。私は車に箱を積んでその会社のオフィスに行った。箱には何千ページもの書類が入っていた。私の有能な秘書であるゲイルが各患者の記録をクリアファイルに保管してくれていた。シュレッダーにかけられるように、ファイルから書類を出す必要があったので、私は床にひざをついて長時間の作業に臨んだ。何百人もの患者がいたが、意外にも私はかなり多くの患者のことを覚えていた。名前しか覚えていない患者もいたが、たいていは診断名も忘れていなかった。一部のメモには、ゲイルの字で「死亡」と書かれ患者の死亡日も併記されていた。中には、非常にはっきりと思い出すことができる患者たちもいた。彼らの何人かとその家族はたいへんな苦しみを経験していた。一部の患者は、死に至るまで何年もかかる進行の遅い脳腫瘍で、私は彼らの病気が徐々に悪くなっていくのを定期的に診ていたので、彼らのことをよく知るようになった。

病院の業務とは関係なく医療記録を見ていると厳粛な気持ちになる。逃れることのできない人間の弱さと死すべき運命を突きつけられているみたいだった。がんが発症する前、私には、足の骨折、網膜剝離、腎臓結石など、比較的軽い健康上の問題があった。こうしたケガや病気は私の同僚たちが遺漏なく治療してくれたが、私の家庭医に送られた書類に治療が成功したという事実だけが書かれていたとしても、そこに自分の名前があるのを見るたびゾッとしたものだ。まもなくシュレッダーにかけられようとしている診療記録に含まれる多くの人生や交わされた会話のことを私は思った。患者は、医師の人柄や言動について感じたことをあえて医師本人に言うことはほとんどないので、医師は患者と適切に話すスキルをなかなか身につけることができない。面と向かって私を批判した患者を一人だけ覚えている。四〇年前、その患者は彼女に対する私の口の利き方がなっていないと責めた。脳神経外科の研修に入る前に、一般外科で一年間の研修を受けていたときのことだ。その患者は、ミセス・

ブラックと呼ばれていた。彼女の名前を記憶しているのは、ずけずけと私を批判した彼女の勇気が際立っていたからだ。彼女は、私が彼女に乳がんだと伝えた口調があまりにも無遠慮だと言った。彼女の言い分は正しかったのかもしれない。患者からの意見や批判がめったにないせいで、医師は安易に自己満足し、自分のコミュニケーション能力が優れていると早とちりしてしまう。物事がうまく進めば患者は私たちを賞賛したり感謝してくれたりするが、私たちが失敗したときにはコメントを控えるのが一般的だ。

たいていの医師と同じように、私も自分が親切で思いやりに満ちた医師だと勝手に思っていたが、私自身ががんであると診断されて初めて、患者と医師を隔てる溝が果てしなく深く、そして医師は患者のつらさをおよそ理解していないことを知った。かの偉大な建築家フランク・ロイド・ライトが言ったように、建築家にできるのは、せいぜい自分が建てた不快な建物にツタを茂らすように助言することだけだが、医師は最悪のミスを隠し忘れてしまうことができる。

クリアファイルから書類を出して整理し終えると、ギシギシする膝の痛みに耐えながら床から立ち上がり、肩をすくめた。やれやれ、いずれにしてもすべて終わったんだ、と思った。患者が本当のところ私をどう思っていたのかを知る術はないのだ。

倉庫スペースについては、二二インチ四方の跳ね上げ戸からあれほど多くの物を入れられることは驚嘆に値するが、そこから物を取り出すために四つん這いでそこにもぐり込む作業は決して楽しくはない。とくに、年齢を重ねて私の体は硬くなって、追加で物を押し込もうとしたとき、跳ね上げ戸に引っかかることがあった。しかし、ロックダウンをきっかけに、倉庫の嘆かわしい状態にこれ以上我慢できなくなった。なにより、それが自分の長年にわたる浪費の証拠のようで、恥ずかしかった。

跳ね上げ戸を出たり入ったりしていると、チベットの殉教者がカイラス山の巡礼路を這うように進み肉体的な苦痛をつうじて徳を積んでいる姿が頭に浮かんだ。あるいは、一五〇一年に刊行された聖史劇『エヴリマン』の主人公を思い出した。突然死に直面することになったエヴリマンは、己の罪と善行を天秤にかけて審判が下されるとき、友人から見放され、財産を失い、ひとりぼっちの自分に気づく。もちろん、私の罪は現代版の罪であり、物的所有物を過剰に収集し、結局はそれらがゴミの埋め立て地行きになるという、環境に反する罪である。ロックダウンの間いっしょに住んでいた息子に手伝ってもらい、数週間がかりで倉庫を空っぽにした。私たちはすべての物を階下に移動し、二つの部屋がいっぱいになったが、やがてこれを引き取ってくれる業者を見つけた。

私はやたらと物をため込むタイプではなく、物を捨てられないというわけでもない。むしろ、私は怠け者で貪欲だったから、アップグレードや新モデルが出ればすぐに購入し、不要になったからとリサイクルしたり、壊れたからと修理に出したりするのは面倒でやらなかった。

山積みになったゴミの中から、五〇年以上前の手紙や青年時代に書き記したものが出てきた。自分がこれほどの年月を重ねてきたとはおよそ信じがたい。五〇年以上つけてきた日記が保管された箱も複数あった。これをどうしたらいい？　私の一部は日記の山をシュレッダーにかけたいと思っている。日記のページに書かれたすべてから自由になりたいし、私の死後この日記をどう扱うか子どもたちが悩むことのないようにしたい。私の日記に歴史的重要性がないことは確かだ。しかし、私の別の部分はそこには発見されるのを待つ隠された宝があるのではないかと気になっている。たまに日記をところどころ拾い読みしてみるのだが、自分がどれだけ過去のことを忘れてしまっていたか、あるいは私が書いた文章の大部分がいかにつまらないかという事実に興味をそそられる。そこで私は、いつかすべてを読み終えて、私の子孫の興味を引きそうな一部の断片を残そうと思った。それでもなお、日記の大部分を破棄することは一種の自殺行為のようにも思えて、最終決断はできていない。すでに長く放置しすぎたのかもしれない。

7

パンデミックが起こる直前、私が最後にウクライナを訪れたとき、医師仲間のアンドリージから彼の患者に会ってほしいと頼まれた。その男性患者は比較的軽い外科手術からすっかり回復していたので、依頼の目的がよくわからなかった。患者は、ロシアおよび分離政体に対する戦争でドンバス戦線に従軍中、頭に銃弾を受けた。彼は正規の職業軍人でスナイパーだった。最前線から避難した彼は、最終的にリヴィウでアンドリージの治療を受けることになった。アンドリージは彼の頭蓋骨の損傷を治療した。幸い患者の脳は傷ついていなかった。アンドリージの話では、あるとき勇気を振り絞ってスナイパーであるその患者に「人を殺すのは難しいですか」と尋ねたという。スナイパーは、まったく表情を変えず答えた。「ええ、難しいです。標的はじっとしてはおらず、動き回っていますから」

私がそのスナイパーに会ったとき、彼は銃創の治療のために休みを取っていたが近いうちに戦線に復帰することになっていた。アンドリージが通訳を務めてくれた。スナイパーは私より背が低く、少し薄くなったブロンドの髪、どちらかと言えば少年のようなあどけない丸顔、澄んだブルーの目で穏やかな表情をしていた。右耳の二インチ上にきれいな半円の手術痕があった。私との面会に彼は少々緊張し戸惑っているように見えた。彼の人生には危機があったと彼は言ったが、踏み込んだ話はしなかった。彼の話によると、彼は自分の気持ちを整理するために軍隊に入ったという。彼はロシアおよび分離政体との戦いで重要な役割を果たしていた民族主義者の志願兵ではなかったが、フルタイム勤務の正規の兵士である。私は、四六年前、適職とか転職とかの考えなしに、当時私の人生に起こった危機の結果として医師になったことを思い出したが、彼の危機について詳しく尋ねなかった。

「私たちは常に二人一組で動きます。私たちは非常に高度な訓練を受けています」

「PTSDの問題はないのかな?」

「ウクライナ人にその問題はないと思います」と彼は答えたが、私は信じなかった。

「狙うのは頭?」

「そうとはかぎりません。目的によります。たとえば、仲間の前で倒れる程度のケガを兵士に負わせ、あえて助けを求めさせておいて、仲間を攻撃するということもあります」

「かなりあくどい戦術だな」

「目潰しのためにレーザーも使われています」

「レーザーは禁止されたと思っていたよ」

「仲間の一人が、レーザーで狙われて片目を失明しました。彼らは地雷や白リン弾も使っています。

すべて禁止されていますがね」と、彼は軽く肩をすくめて言った。

「ロシア人が憎い?」と尋ねてみた。

「いいえ、とんでもない」と、彼は実に楽しそうに答えた。「彼らは善良な人たちです。私たちと同じように」

私が彼の言葉について考えている間、会話が途切れた。

「多いときには何人ぐらい殺すのかな?」。思い切って、こう尋ねた。

「記録はつけていません」と彼はすばやく返答した。「志願兵は、ライフルの銃床に切り込みを入れて数を数えているかもしれませんが」と少しとがめるような口調でつけ足した。

私は、彼の任務に対する感情の切れ端でも見つけ出そうと質問をつづけたが、彼はそのたびに、スナイパーは高度な訓練を積んだプロフェッショナルであり、任務にはいかなる感情も含まれないと応じた。

「戦争によってどんなことが起こると思う?」と質問してみた。

「兵士は毎日殺されています。終わりは見えません」

彼は本当にあらゆる感情を抑えていたのだろうか? 彼は本当に殺す相手に対して完璧に無関心だったのだろうか? そうではなく、彼は将来、恐怖と不安につつまれて夜中に目を覚ますことになるのか? あるいは、引退後の私が何十年も前に治療に失敗した患者たちのことを思い出したように、彼もあるとき突然、標的にした人たちのことを思い出すのだろうか?

ウクライナを訪れたとき、聴神経腫瘍と呼ばれる、短期間に大きくなる厄介な脳腫瘍の患者を何度か診たことがある。これは良性の腫瘍だが、治療をしなければ命を落とす患者もいる。問題は、手術の際に顔の筋肉を制御する神経を傷つけるリスクが高いことだ。神経を損傷してしまうと、腫瘍のある側に顔面麻痺が起こり、顔に歪みが生じる。

私が今さら外科医としての自分の能力について疑いを持つのは奇妙に思えるかもしれないが、外科医は、その成功によってではなく、失敗によって、すなわち合併症の発生率によって評価されなければならない。患者も手術もそれぞれ異なるため、こうした評価を行うことは意外なほど難しい。どんなに優れた外科医であっても、患者が望みどおり回復しないこともある。また、一般的に言えば、優秀な外科医ほど、難しい症例の担当数が多くなり、結果的に合併症の発生率が高くなる。患者から、医師仲間から、そして自分自身から合併症やミスを隠し、否定するのは簡単だ。確かに私にもそういう経験があったが、少なくとも一回、隠すことができたのにしなかったことがあった。

私は研修医をアシストして、絞扼性の神経障害を持つ男性の首の手術に立ち会っていた。手術は滞りなく進んだが、手術が終わって手術室の外の廊下を歩きながら、何かが気になって胸がざわついていた。すると突然、私は血の気が引くような感覚とともに、患者の首の反対側を手術したことに気づいた。手術は正中切開で行われ、術後の検査画像からはどちら側を手術したかを見分けることは不可能だ。手術により必ず腕の痛みが和らぐわけではないので、後日症状が改善されなかったときに、患者に嘘をついて、改めて手術を勧めたとしても少しも不自然ではない。私は同様の過ちを犯した非常に高名な脳神経外科医を知っている。ただし彼の場合、胸椎の脱出型椎間板ヘルニアというもっと大がかりな手術で、間違った位置を手術するというミスだった。

翌日私は足がすくむような思いで患者の病室の脇部屋に行った。これは、手入れされていない庭園に囲まれたウィンブルドンの古い病院で勤務していたときのことだ。季節は春で、患者のベッドからは病院の裏手に広がる緑のスロープを見下ろせた。そこは前年の秋に私が手ずから植えたスイセンで覆われていた。

「Qさん、実は悪いお知らせがあるのですが」と私は話しかけた。

「何ですか、マーシュ先生？」

「実は、あなたの首の反対側を手術してしまいました」

彼がこの言葉を消化するまで、長い沈黙があった。

そして、「なるほど。よくわかりました、マーシュ先生」と彼は言った。「私の仕事はキッチンの取りつけなんですが、一度、後ろ前に取りつけてしまったことがあります。こういうことはわりと簡単に起こるんですよね。とにかく、できるだけ早く正しい方を手術すると約束してください」

これはずっと昔の出来事で、チェックリストが導入されるはるか以前のことだった（チェックリストがあっても、正中切開の場合に起こるこの種のミスを確実に防ぐことはできないだろう）。今同じことが起きたら、私はおそらく解雇されていただろう。嘘をつかなければと思わせる重圧はより一層大きかったはずだ。

外科医たちは、とうてい真似できないと思うような驚くべき手術の成功例が満載されている医学雑誌の記事を額面どおりには受け取らない姿勢を学んでいる。もっとも、性悪な白雪姫の継母が鏡をのぞき込むときのように、自分よりも優秀な医師が他にいると思うと不安なので、負け惜しみで記事を認めようとしない場合もありうる。

私は、聴神経腫瘍協会――この腫瘍を持つ患者のための組織――で講演をしたことがある。五〇人の人々を前にしたこのときのことは、私の人生でもとくに胸が痛む経験だった。彼らの多くは顔の一部が麻痺していて、そのうち何人かは私の患者だった。私は完全な詐欺師で、世界最悪の聴神経外科医だと感じた。講演の後、聴衆の一人――手術前は女優だった赤毛の若い女性――が私に話しかけてきた。彼女の顔の片側には、比較的重度の麻痺が残っていた。

「あなたの手術の結果、私はこうなりました」と彼女は言って、歪んだ顔をしかめてみせた。「でも、手術の後、あなたが私を見てすごく動揺していたのがわかったので、あなたを許すことにしたのです」

私は何年もかけてこの腫瘍の手術方法を学んだが、顔面麻痺に関して、他の外科医が発表した結果ほど私の手術結果がよくないことをいつも気にしていた。しかし、このような結果を発表する外科医は、主に米国や他のヨーロッパ諸国の医師で、彼らは私にはとうてい到達できない数の患者を手術している。手術の成功は実践と経験がすべてであるということだろう。イギリスでは、多かれ少なかれNHSが外科医の担当区域を決めるため、他国にあるような大規模で専門化された診療施設を展開することは困難である。したがって、医師はベストを尽くして学ぶしかなく、学ぶべきリストには欺瞞と自己欺瞞の両方が含まれる。

どんな外科医も、キャリアのスタート時には、患者の前で実際よりもずっと経験豊富で有能であるかのように振る舞わなければならず、かなり苦労する。実際、自信ありげに振る舞うという演技は医師になったとたんに必要になる。患者にしてみれば、怖じ気づいている医師ほど怖いものはないし、若い医師はたいていおどおどしているものだ。したがって、医師は自分の感情を患者から隠さなければならない。ただ私は、この種の話を誰かから教わったことは一度もなかったと思う。こういうことは本能的に学ぶものなのだ。

進化論における偉大な功労者の一人にアメリカの生物学者ロバート・トリヴァースがいる。彼は『欺瞞と自己欺瞞』というすばらしい本を書いている。たいていの生物は食物連鎖の下位にいる生物を捕食し、上位にいる生物に捕食されるため、欺瞞は自然界のあらゆるレベルにあると彼は述べている。人間やライオンのような最上位捕食者でさえ、バクテリアのエサなのだ。獲物と捕食者のいずれにとっても、欺瞞は生き残るために不可欠である。しかし、人間について注目すべき点は、自己欺瞞の能力だと彼は主張する。進化論者として彼は、以下を根拠として、自己欺瞞について説明する。つまり、人が不正直な行いをするときに自分自身を欺けば、無意識の「気配」やそぶりを通じて自分の不正直さを露呈する可能性が低くなるという理屈である。

外科医としてのキャリアをスタートしたころは、同じ人間である患者にメスを入れられるように、自信を水増しして自分を欺かなければならない。それに、難しい症例を引き受けずに、どうやってスキルを磨けというのだろう？　自分より経験豊富な同僚がいること、そして、とくに難しい問題を持つ患者であれば、その同僚に任せるべきだと認めることは容易ではない。だから、そうする代わりに私たちは、実際よりも経験豊富だと自分自身を欺こうとする傾向がある。自己欺瞞は重要な臨床技術だが、まだ研修中のジュニアドクターで上席の医師の監督下にあるときはおそらくあまり重要ではないよと、私は好んでジョークのネタにする。しかし、上級外科医になり、自分の仕事や判断を人から監督される機会がなくなってくると問題が生じることがある。外科医は誰もが危なっかしい体勢で綱渡りをすることが何度となくあるが、自信を持つということと、助けを求めるタイミングを見きわめることとのバランスを取る状況もその一つだ。

専門医になってまもなく、私は自費診療の患者を診察した。その若い患者は弁護士で、小さな聴神経腫瘍を患っていた。もう三〇年以上前のことで、腫瘍が小さい場合でも治療するべきか否かで意見が分かれている時代だった（この件に関しては現在もコンセンサスは取れていないが、外科手術の代わりに集中放射線治療というオプションが加わっている）。患者は私に、この種の手術は何例くらい経験しているかと尋ねた。私は彼のような症状の手術はほとんど経験がなかったので焦ってどぎまぎしたことを覚えている。もちろん、これはすべての患者が手術を担当する外科医に尋ねるべき質問であるが、実際に聞いてくる患者はまれである。その質問に私がどう答えたのか忘れたが、ある時点でその患者が怒りをあらわにして、「私が医療過誤を専門とする弁護士だから、先生は私の手術を避けようとしているんですよね」と言ったことは覚えている。私は最終的に私よりも圧倒的にこの腫瘍の手術経験が豊富な外科医の名前を彼に伝えた。明らかにこれは正しい決断であったが、口で言うほど簡単なことではなかった。それはつまり、自分自身と患者に対して自分の限界を認めたことに他ならないからだ。

長年いっしょに仕事をしてきたウクライナの同僚と決別することになった背景にも、同じような事情があった。彼は、ウクライナには聴神経腫瘍を適切に治療できる外科医が一人もいないので、自分にその手術方法を教えて欲しいと何度もしつこく私にせがんできた。あまり気が進まないながら、私は彼の患者の手術を数回手伝った。しかし、最後には、もう手伝うべきではないと判断した。とくに、術後に患者が亡くなったり、深刻な障害が残ったなどの悪い結果について彼が私に隠していたことに気づいたときにその思いを強くした。悪い知らせを隠そうとするソ連の体質が、彼の中にあまりにも深く根づいていたのである。加えて、ウクライナの医療は着実に進歩しており、脳神経外科医たちのスキルも上がってきていたので、私と彼が、この症例の患者の治療に関して特別な貢献をできるとは思えなくなっていた。こうして、二〇年間ともに仕事をしてきた私たちは、突然の別れを迎えた。ただ、それ以上に問題だったのは、私が彼に与えたすべての知識や経験を彼は自分の息子にしか伝えないという点だった。これはもう一つのソ連の悪しき遺産だ。ソ連の外科はどこまでも縁故主義だった。国が味方になってくれないなら、家族や親しい友人以外、誰を信じろというんだ？　と彼らは考えてしまうようだ。しかし、これは私が教育を受けてきた文化とは完全に相反するものだった。私はその後もウクライナを訪問し、若い医師たちと比較的簡単な症例に取り組んだ。私がウクライナで最初に組んだ医師とは異なり、彼らはソビエト連邦時代に育っていない。

若手医師のオレナが外来患者として私に会いに来た。彼女のコンサルテーションは、私が滞在していたキーウ中心部のホテルのバーで行った。私は彼女の脳画像のフィルムを窓に向けてかざした。フィルムを通して、窓の外の雪に覆われた美しい街並みが見えた。ホテルは、キーウで唯一帝政ロシア時代から残っているポジール地区にあった。『巨匠とマルガリータ』の著者で作家のミハイル・ブルガーコフの実家は次の通りを曲がったところにある。その若い医師は出産したばかりだったが、妊娠後期に入ると足もとがふらつくようになり、脳の検査をしたところ、並外れて大きな聴神経腫瘍が見つかったという。サイズからして、手術によって、外見を損なう重大な顔面麻痺が残るおそれが高かった。この腫瘍ではもっとも一般的な兆候である片方の耳の聴覚障害を除けば、彼女は驚くほど元気だった。出産後はふらつくこともなくなっていた。しかし、治療をしなければ、ゆっくりとではあるが確実にその腫瘍が死をもたらす。彼女は、私に手術してほしいと言って譲らず、彼女の家族が海外で自費診療を受けるために必要な資金を調達してくれるのだと説明した。ウクライナで治療することもできたが、術後のケアが不十分なためリスクが高まるおそれがあった。彼女は海外での治療コストについて尋ねた。

「イギリスでは、すべてうまくいった場合で、五万ドル程度でしょう。ドイツでは、たぶんその二倍、米国では少なくとも五倍、おそらくはそれ以上」と私は答えた。「もし術後に問題が起これば、金額はその何倍にもなりかねません」

「私はあなたに手術していただきたいのです」と彼女は言い、私たちはさらにやり取りをつづけた。

「私がベストの選択とはかぎりませんよ」

「でも私はあなたを信頼しているのです」

「考えてみます」

決して簡単な決断ではなかった。それほど遠くない過去、ロンドンで勤務していたときには、手術をすべきなのが私か他の誰かかを私自身が選ぶ必要はなかった。私は、このような腫瘍のスペシャリストになっていたので、自分で手術を担当したはずだ。しかし、私のキャリアが終わろうとしている今、選択肢が生じていた。私のキャリアがはじまったころに若い弁護士に関して選択肢があったように。引退に伴い、勤めていた病院の後輩医師の一人が私が行っていた聴神経腫瘍の担当を引き継いでいた。彼は私とはまるで違うタイプの外科医だった。物静かで思慮深く、膨大な知識を持っていながら控えめで、粘り強く、かぎりなく忍耐強い。彼は、私が畏敬の念を抱いている数少ない同僚の一人だった。

今回の手術は、深刻な結果が予測されるもので、死亡したり、術後に顔面が変形する可能性が現実にあった。仮に私が同僚にこの患者を引き受けてくれと頼んだとしたら、私は臆病者ということになるのか？　仮に私が自ら手術を行った場合、それは虚栄心からか、外科医としてのキャリアの終焉を認めたくないからなのか？　私はまだ首尾よく手術を行える自信があったが、一方で、同僚の方が私よりもよい結果をもたらせるかもしれないという思いもあった。

外科医たちは「眠れない夜」という言葉を、仕事で自分たちが時折感じる強いストレスを表す一種の暗号として使う。私が専門医としてのキャリアをスタートさせたばかりのころ、難しい手術の前夜はなかなか眠れなかった。ときどき真夜中に睡眠薬をウォッカで流し込んでいたことを思い出す。しかし、そんな時期はすぐに過ぎ去り、以降は翌日何が待っていようといつでもぐっすり眠れるようになった。しかし、ホテルのバーでその外来患者のコンサルテーションをした日、私は眠れない夜を過ごした。

翌朝は早く目が覚めた。それは二月のことだったが、冬は終わりつつあった。近年、気候変動によって冬はしだいに短くなっている。「気候変動だって？」。ウクライナ人の友人たちは笑う。「われわれにはもっと差し迫った問題があるんだ」

ホテルはキーウの中心部を流れるドニプロ川のほとりにあった。私は近くの小さな礼拝堂に行ってみることにした。それは、ソビエト連邦の崩壊後まもなく、七〇年にわたる弾圧の末に独立したウクライナのいたるところに教会や礼拝堂が次々と誕生していた時期に建てられた。礼拝堂は私が働いていた病院へ行く途中にあり、長年の間に数え切れないほど車で前を通りすぎていた。それは川に突き出した堤防部分に建てられ、小さな屋根は金色でキラキラと光っていた。川沿いの壊れかけた革命前の建物とそれを隔てる殺風景なコンクリートの高速道路とはかなり対照的だった。私は、建物の中はどんなだろうとよく思っていた。そこに向かって歩きながら、かつて、決別した同僚とともにウクライナで行った仕事をとても誇りに思い、二人で偉大なことを成し遂げたと悦に入っていたことを思い出していた。今私は、彼と過ごした年月を違う観点から見直し、私の功績は結局のところ当時思っていたよりもずっとささやかなものだったと気づいた。私は彼が実際には持っていない資質を彼の中に見たと思い、ウクライナで私が目にした多くを曲解していたのだ。英雄的な役割を演じる自分を見たいという虚しい願望に目がくらんでいた。間違いを犯していたことが今ではわかる。二人ともヒーローなんかではなかった。長年にわたって彼の地で働いたことに後悔はないが、深い挫折感、ときおり味わった勝利の喜び、ウクライナとそこにいる多くの友人への愛情が混じり合った複雑な思いで私は過去を振り返っていた。

薄暗いコンクリートの地下道を抜け、騒々しく行き来する朝の車両の音を聞きながら、川に並行する高速道路の下を歩いた。歩道は、氷と雨水でぬかるんでいた。いたるところで、とけた雪の水滴がトタン屋根に落ちる音がしていた。天候は最悪だ。雨が降り霧が出ているし、道端には泥と汚れた雪が積もっていた。ドニプロ川は霧に包まれ、汚れた水で灰色に濁った流氷がただよっていた。三日前には小さな人影が真っ白な雪で覆われた氷の穴に糸をたらし釣りをするブリューゲルの絵のような風景が見られたのだが。暗い礼拝堂に入ると、スカーフ姿の腰の曲がった老婦人が物陰に立っていた。

金色の聖障がぼんやりと見えた。細長いろうそくを二〇フリヴニャで買い、老婦人に案内されて聖障の横にある真鍮の燭台のところへ行った。ロシア語で小さくつぶやきながら、彼女は燭台にセットされていた二本のろうそくに火を灯した。私はいかなる宗教も信じていないが、自分のろうそくに火をつけて燭台に立てた。そして、ホテルまで歩いて戻った。

その日遅く、私は再びホテルのバーでオレナと彼女の夫に会った。そして、私の同僚が手術を担当すべきだと思うと二人に告げた。彼らは私の言葉を容易には受け入れてくれなかった。

「考えてみてください」と私は言った。「一つだけ確かなことがあります。彼は間違いなく私と同じくらいよい結果を出せます。もっと言えば、私よりもよい結果を出せる可能性も十分にあるのです」

数週間後ビザの手配が済み、病院に四万ポンドが前払いされると、オレナはロンドンにやってきた。オレナは、家族と友人に懇願してこの費用を調達した。滞在費を節約するために、彼らを私の自宅に宿泊させた。私の後輩医師と耳鼻咽喉科医が担当した手術は二〇時間かかった。二〇時間だ！　彼らは翌朝六時に手術を終えた。オレナはいかなる問題も顔面の損傷もなく手術室を出て、一カ月後にはウクライナに戻った。本当に見事な結果だった。私は優秀な同僚たちのことをとても誇らしく思ったが、同時に少しの寂しさも感じた。

オレナの手術——あるいは、私がそれをしないことを選んだという事実——は、執刀医としてのキャリアの終わりを告げるものだった。外科医は、引退のことを「手袋を吊るす（hanging up your gloves）」と表現する。

8

新型コロナウイルス感染症のパンデミックがはじまったころ、確かに死の恐怖はあったが、ばかばかしいことに、死ぬことに関して何よりも気に掛かっていたのは、孫娘のために作っていたドールハウスを完成できなくなることだった。三五年前、私は長女のサラのためにドールハウスを作った。当時の私はジュニアドクターで、「ワン・イン・ワン」のシフトで働いていた。言い換えると、一日二四時間、週七日間連続でオンコール勤務に就いていたのだ。実際これは違法だが、私の雇い主だった病院にごまかされていた。このシフトでは、上級専門医たちが協力するのは不可能であり、チームのメンバーたちに互いの患者の世話をさせることができない。私は、こんな仕事はたぶんこの国で最後のものだと逆に誇らしく、自分が重要人物になったように感じていた。自宅で過ごすこともできたし、夜間はそれほどたいへんではなかった。それでも、シフトの間、どんなときでもやっていることを中断してすぐに病院に駆けつけなければならなかったため、行動が著しく制限された。携帯電話が登場する前だったのでポケベルを持ち歩いていた。自宅にいないときにベルが鳴れば、どこかで電話を見つける必要があった。ハンバーガーレストランに飛び込んで、電話を貸してくれと頼んだこともある。そのレストランの従業員が興味津々で耳をそばだてている中、患者の脳にドレーンを挿入する方法を後輩医師に指示した。彼らから電話代の五〇ペンスを請求されたときにはなんとなく腹が立った。

　私が覚えているかぎりでは、ドールハウスを作るのはたいてい夕方か夜だった。私の仕事場は家の後方の小さな地下室にあった。地下室の一角には窓のついた光庭〔室内に光を取り入れるための空間〕があって、第二次世界大戦時代に爆弾の爆風を防ぐためにガラスに貼られた十字のテープがそのままになっていた。地下室の高さは六フィートに満たず、作業台の前に浅い穴を掘って、まっすぐに立てるようにした。そこに私は、下級外科医のエゴ並みに膨れ上がった巨大なドールハウスを、より正確にはその一部を作った。思い返すと、それはおよそ非現実的なしろものだった。なにしろ、三階建て、奥行きは二部屋分、幅四フィートという規模である。しかも、長年の間に私が手をつけた多くのプロジェクトと同じく、私はそれを完成させることができず、大半はやっつけ仕事だった。サラの部屋にこれを運び込むのは大仕事だった。最初の妻の手を借り、いらいらしながら苦労して階段をのぼったが、引きずるように持ち上げたドールハウスの一部が壊れてパラパラと落ちたのを覚えている。

　しかし、未完成の状態ではあったが、サラは喜んでくれて、ドールハウスの部屋にたくさんの人形を住まわせて遊んでいた。時がたつと、当然ながら彼女はそこから卒業し、その不合理な建物は、離婚後、私についてウィンブルドン・ヒルの家へと越してきた。そして、埃にまみれ顧みられることなく、二〇年以上奥まった部屋の片隅でクモの聖地になっていた。捨ててしまいたかったが、サラは聞き入れてくれなかった。結局、私はノコギリを手に取り、その三分の一を切断した。サラには、彼女の二人の娘のためにこのハウスを建て直すよ、と言ったが、それが実現するとは思えなかった。もしコロナウイルスが流行しなければ、やってみようとは思わなかったろう。

問題は、その惨めな建造物の一部――踊り場があるチーク材の階段――がきわめて精巧に作り込まれていたことだ。私はそこに、マイフォード製旋盤を駆使して作った長さ二・五インチ、底面四分の一平方インチの支柱六〇本を持つ手すりをつけていた。見た目はすばらしかったが、人形や家具で遊ぶときにはむしろ邪魔になっていた。六〇本の支柱を作るために、旋盤で何時間も作業をしたはずだ。二〇年たってこれを見たとき、私は感動してしまった。過去の自分にこれほどの仕事ができたのかと驚いたのだ。たぶん、今の私が思うほど私は無能ではなかったのだ。過去の自分を軽視するのは、心と身体が年齢とともに衰えたと自覚したからこその嫉妬なのだろうか。あるいは、引退した今、競争相手は自分しかいないということなのか。

リフォームしたドールハウスに孫娘のアイリスとロザリンドは大喜びだった。そこで、一番下の孫リジーのために新しいドールハウスの製作に取り組むことにした。最初のドールハウスは、私が一〇歳のときに家族でオックスフォードから引っ越した一八世紀初期に建てられたテラスハウスを模したものだった。私は古きよき日に戻ろうと、自分の過去をミニチュアで再現しようとしていたのだろう。二番目のドールハウスは追加の大階段を持つ城郭風の空想的作品だった。すべての外壁は磁石で付着し、中の部屋に出入りしやすいよう簡単に取り外しできるようになっていた。私は、ガレージに保管していた木材の使い道をついに見つけた。バリニレ材は、地下室の洗練されたマーブル柄の床に、トネリコ材と黒檀は寝室の床板になった。また、数日がかりで作ったオーク材のハンマービーム屋根には、旋盤で削ったミニチュアのフィニアルをつけた。ロックダウンと引退により、しっかり作り込むための時間はたっぷりあったのだが、できあがったドールハウスはやはり大きすぎた。娘のキャサリンは、彼らの家には十分なスペースがあるから大丈夫だと請け合ってくれたが、そのうち、家宝というより邪魔なだけの物体になるのではないかと心配だ。

しばらく前、自宅の脇に差し掛け屋根のガレージを作った。私が建てた多くの屋根と同じく、雨が降るとガレージの屋根もひどく雨降りする。敷桁(しきげた)用の材木が腐りはじめ、屋根から雑草が生えてきて、いささか装飾めいて見える。どれもやり直しが必要だが、いつも私は先延ばしにしている。現在ガレージの中は木材で埋め尽くされている。私は人生の大半にわたって木材を集めてきた。ガレージに積み上げられた木材を眺めるのが好きなのだ。そして、まだ作っていないあらゆる物がそこから生まれる可能性に思いをはせる。私は木材それぞれの歴史を語ることができる。四〇年前にロンドン東部のライムハウスの材木商から手に入れたスイスチェリーの材木。複雑な突起のある表面と密な木目を持つ特大のバリニレ材。これは、ドールハウスで大理石風の美しい床として使えると私が思いつくまで、何年もガレージの中で眠っていた。ニレ材は五〇年前にヨーロッパで発生したニレ立枯病によって絶滅の危機に瀕しているため、現在ではめったに手に入らない。数年前、ニュージーランドのクライストチャーチ植物園でヨーロッパニレの大木に出会った。その独特な形を見て、夏に家族で出かけたピクニックやイギリスの低木など、子どものころの思い出が呼び覚まされた。

ホールサイズのパルメザンチーズのような外観の巨大なブナのスポルテッドウッドがある。スポルテッドウッドは、菌が感染することによって生じる優美な黒い線のパターンを持つ木材である。これを使って旋盤加工した器はとくに魅力的だ。私はウェールズ中部の谷で大きなブナの倒木を見つけ、三〇インチのチェーンソーでその倒木から大きめの木塊をいくつか切り落とした。さらに、その木材を器にしようと考えて帯のこで円盤状にカットした。しかし、実際に器を作ったことはなく、木材は何年もガレージにあって、埃やクモの巣がつき、木食い虫の穴が増えていた。今それらを見ると、人里離れた静かな谷、じめじめした落ち葉の匂い、近くを流れる川のせせらぎを思い出す。チェーンソーのオイルとガソリンの臭いがしなければ、まるで太古の風景のようだった。ケント州の農場から手に入れたリンゴの木や桑の木もある。桑の木は引退した脳神経外科医（私は彼の後任として専門医になった）の未亡人の庭にあったものだ。私が長年勤めていたウィンブルドンの病院の庭から持ってきた大量のレバノンスギがある。この木は、病院の周囲に駐車場を作るためにアスファルトが敷かれたときに切り倒された。スギ材は強い芳香と防虫効果があり、タンスや引き出しの内張りにも最適とされる。レバノンスギは堂々とした樹木で、成木になると巨大な傘のように広がり、下の枝は枯れてしまう。この木はかつて中東に広く分布していたが、現在はレバノンの保護区にある数十本だけである。私がそこを訪れたとき――これも一種の巡礼だ――その木々を見て動物園の檻に入れられた絶滅が近い悲しい動物のことが頭に浮かんだ。私は一本のレバノンスギを大きなテラコッタのプランターで育てている。これほど力強い生き物をこんなふうに閉じ込めるなんて残酷にも思えたが、二〇年たって今年の春緑の芽が出てとても幸せそうに見える。プランターに閉じ込められたこのレバノンスギだが、普通に成長した木の傘のような形になり、巨大な盆栽になった。

ココボロやアフリカン・ブラックウッドなどの珍しい熱帯の硬材をはじめとする外国産の短い木材もたくさんある。旋盤で加工するつもりで何年も前に買ったのだが、まだ取り掛かってはいない。熱帯雨林が破壊されたことにより、現在この木はほとんど手に入らず、法外に高価になっている。仮に買えたとしても今の私は買うつもりはない。白檀の化粧板も何枚か持っている。それは、五〇年近く前、使い道がわからないという弦楽器製作者から買い取った。彼がそれをどこで見つけたのかは聞いていない。この木材は主に香料産業で使用されており、その取引は何年も前から厳正に管理されている。最近、小箱を作っている木工職人の友人に白檀の化粧板の一部を譲った。その化粧板からはよく知られている芳香があらかた失われているが、製材してサンドペーパーをかければ、木の深い層に香りが残っているのではと期待している。

私はこうした木材を使って何を作ろうかといつも思案していたのだが、現実的に考えて、木材のほんの一部を使えるほども私は生きられない。集めた木材を見て深い喜びを感じてきたが、老いと衰えを実感するにつれ、この喜びは薄れ、代わりに空虚感、さらには脳画像が暗示する破滅的な未来の予感に取って代わられつつある。ともかく、これから作る物はどれも私よりも長生きするわけだから、私は、存在しつづける価値のあるものだけを作るべきだ。次はもっとよいものを作るよ、という職人——彼らは自分が作ったものから、他人が気づきもしないような些末な欠点を見つけ出す——の言い訳を、私はもう口にしない。

第二部　治療的破局化

9

尿の出が悪い、急に強い尿意をおぼえる、たびたびトイレに行きたくなるなど、悪化する前立腺の症状について同僚に診てもらおうと考えていたのだが、ロックダウンのせいで先延ばしになっていた。加えて、ロックダウンという非日常的で強烈な経験のために、私は症状のことをすっかり忘れてしまい、その同僚に診察の予約を取ったのはさらに七カ月が過ぎてからだった。すでにプライベートの医療保険には入っていなかったが、時間を節約するために自費負担で受診することにした。

直腸診を予想して入念にお尻を洗い、自転車でハーレイ・ストリートを走りながらミネラルウォーターを一リットル飲み干した。到着時に尿の流量を測定できるように、水を飲んでおいてくださいと言われていたのだ。

私に何杯も水を飲ませた気さくな看護師に報告する必要があった。彼女はときどきドアの向こうから顔を突き出しては尋ねた。

「まだ尿はたまりませんか？」

やがて、ようやく尿意をもよおしたことを看護師に伝えると、採尿器に案内され、必要な測定が行われ、膀胱を空にしようとする私の悲しくも苦しい試みが記録された。これは何ヵ月も、おそらくは何年も私が抱えてきた問題だった。検査が終わると、絨毯が敷かれた正面階段を上がったコンサルティングルームに案内された。

オーク材の両開きドアはとても背が高く堂々としていて、単なるコンサルティングルームだとは信じられず、部屋に入るのがためらわれた。そう、ここは高級住宅地区にあるハーレイ・ストリートの病院でＮＨＳではない。その部屋はだだっ広く、同僚のケンはパンデミックの感染予防のためにマスクをして、立派なデスクの後ろに座っていた。それを見て、ムッソリーニがオフィスに巨大な机を置いていた話を思い出した。ムッソリーニの官僚たちは、報告書を提出するために彼のデスクまでの長い距離を大急ぎで走らなければならなかったという。しかし、ケンはとてもいい人で、ムッソリーニとはまるで違う。ケンは二年前私の腎臓結石の手術をしてくれた医師だ。当時私は助言を求めるべき医師について慎重に聞いてまわった。これができるのは、自身が医師であることの最大のメリットであろう。それ以外に、病気になったときに医師であることの利点があるのかよくわからない。私の場合、むしろ不利なことの方が多いと後になって思った。

ケンとしばらくおしゃべりした。ケンは、コロナ危機によって、ＮＨＳ病院（公的医療機関）が腎臓結石の重要性に気づくというよい面もあったと言う。他の診療科とは異なり、腎臓結石の患者はロックダウン中も緊急の治療を必要としていたのだ。私の症状についてケンと話し合った。私は症状を軽く見過ぎていたし、少なくとも先入観があったことがわかった。

「まず、診察する必要があります」と彼は少し申し訳なさそうに言った。以前の私は、直腸診を受けることにすごく抵抗があったのだが、実際にやってみると、たいしたことはない。

私がズボンをあげているとき、「前立腺が少し堅いですね」と彼は言った。

「PSA検査は受けたくないんだが」と私は言った。PSAはprostate specific antigen（前立腺特異抗原）を意味し、多くの高齢男性が深く懸念する数値である。PSA検査は、前立腺から特異的に分泌されるタンパク質の血中濃度を測定する。ほとんどの男性の前立腺は一生を通じて着実に肥大し、七人に一人の男性の前立腺ががん化する。この場合、PSAの値は上昇するが、その原因はがんにかぎられず、高齢男性のPSA値がわずかに高かったとしても完全に正常でありうる。多くの男性にとってこのがんは比較的無害であり、多少の悪影響があっても、そのがんが原因で死ぬのではなく、がんを持ったまま死ぬ。どんな治療にもリスクが伴うので、前立腺がんをすべて治療するかどうかとなると悩ましいところだ。前立腺の被膜を越えて拡がっていなければ、がんは手術で完全に取り除くことができるが、手術にはインポテンスや失禁のリスクがあり、手術のリスクを正当化できるかどうかを見きわめるのは難しい。一方、がんが前立腺の外に拡がっていた場合、何年かはもつかもしれないが、おそらく患者は命を落とすだろう。

ケンに説得されて、PSA検査を受けることになった。そもそも彼の助言を求めにきた私には拒否できなかった。

「もしがんでも、進行性のがんでないかぎり治療はいらないよ」と私は彼に告げた。

「先生のすばらしい経歴はもちろん承知していますが、現実から目を背けてもよいことはありませんよ」と彼は言った。

振り返ってみると、自分がどれだけかたくなで理性を失っていたかと驚くばかりだ。私は長年にわたって自分の症状に不安を感じていたくせに、ＰＳＡ検査が必要だと認めるのを拒否し、あげくに手遅れにしてしまったのかもしれない。

帰り際、「実はね」と私は彼に話しかけた。「まだ現役だったころ、私はひたすら手術をしていたいと思っていたんだ。患者のケアも好きだったけれど、何よりも肝心なのは手術だった。でも、引退してみると、全然手術に未練はないんだな。どうしてなのか自分でもわからないけど。ところで、ハチミツは好きかな？」

毎朝朝食のときハチミツを食べているとケンが言うので、私は庭で飼っているミツバチから集めたハチミツの小さなビンを取り出して彼に渡した。

二五年近く前から断続的に前立腺の症状が出ていたが、当時は慢性前立腺炎と呼ばれるよくある疾患だとほぼ確信していた。私はこの疾患を少し恥じていたので、専門家に診せることはなかった。それに、私は医師として病気は患者に起こるもので、自分のような医師に起こるものではないと信じ込んでいた。医学生になると、私たちは病気と死という新しい世界に足を踏み入れることになる。私たちはあらゆる種類のおそろしい病気について教えられ、それらがたいてい取るに足りないような症状からはじまることを学ぶ。多くの学生は、ちょっとした疼きや痛みがあると、深刻な病気にかかったと思い込むようになる。この泥沼から生き残るためには、病気にかかるのは患者だけで、自分たちは関係ないと信じるしかなかった。一握りの医師はそのキャリアを通じてなすすべもないまま健康への不安を持ちつづけるが、大多数の医師は自分のまわりに自己防衛のための壁を築いて患者と距離をとり、やがてその習性が自分の中に深く根づき、時として不幸な結果を招く。がんを患う医師は、初期症状を軽視し、もっともらしい理由をつけては長い間放置したため、病気を進行させたと言われることが多い。私はこうした傾向をよく知っていたはずなのに、その知識は私自身がその犠牲者になることから守ってはくれなかった。大多数の高齢男性が前立腺肥大症に罹患する。専門用語では、頻尿、排尿障害、尿意切迫という症状がある。メディカルスクールで学生は「ふるいわけによる診断」と呼ばれるプロセスを教わる。どんな組み合わせの症状も異なる病状に起因している可能性がある。これを表す一種の語呂合わせとして「MIDNIT」がある。metabolic（代謝）、inflammation（炎症）、degenerative（変性）、neoplastic（腫瘍）、infection（感染）、trauma（外傷）の頭字語だ。腫瘍は良性の場合または悪性、すなわちがんの場合がある。前立腺の炎症は、初期段階ではがんと区別できない。理屈ではわかっていたが、あまりにも長い年月私は現実から目を背けることを選んでいたのだ。引退したとはいえ私は医師だったので、病気は自分ではなく患者に起こるものだと相変わらず思っていたわけだ。

採血による簡単なPSA検査の結果、私のPSA値が127であることがわかったとき、にわかには信じられなかった。前立腺がんを持つ男性のうちPSAが100を超える人は四パーセントしかいない。ほとんどのがん患者の数値は20以下なのである。パニックになり狂ったようにグーグルで検索しまくったところ、PSA値が100を超える男性のほとんどは数年以内に死ぬと書いてあった。

私が紹介されたのは、ロンドン中心部にあるNHSの有名ながん専門病院、ロイヤルマーズデンだった。その病院は自宅から六マイルの場所にあり、自転車のサドルが尻に圧力をかけてPSA値をあげるおそれがあるという話を読んだことがあったので、病院まで歩くことにした。最初のこの病院でのPSA値が間違いだとわかり、結局は死刑宣告ではなかったという話になると期待した。

四〇年前、生後三カ月になる息子のウィリアムに死の危険がある腫瘍が見つかった。病院のベッドに横たわる息子につきそっていた最初の妻と私は、とてつもない不安におそわれて外の世界が消えてしまったように感じた。控えめに言っても、外の世界は非現実的で実体のないものになり、あるいは私たち自身が幽霊になってしまったかのようだった。周囲の人たち、そして想像の中の彼らの幸せで屈託のない人生をうらやましく思った。しかし、七〇歳になり、自分自身の命が脅かされている今、がん専門病院に向かって歩きながら、すれ違うすべての人々に親しみを感じている。彼らをうらやましく思う気持ちは少しもなく、ただ彼らが私のようなよい人生を送ることを願っていた。私はテムズ川の方向へとワンドル川の自然遊歩道に沿って歩いた。大きな音がする川の堰の脇で釣りをする若い女性がいた。

「釣れますか？」と彼女に話しかけた。

「いいえ」と彼女は答えて、こうつけ足した。「今はブラウントラウトがいます。ただ、釣れても食べたくはないですね」

しばらく彼女とおしゃべりをした後、再び歩き出してアールズフィールド駅経由でテムズ川へ向かった。「テムズ・パス」と呼ばれる遊歩道に着くと、テムズ川の景色と、川辺に連なるように並んだ新しい背の高いアパートメント群が見渡せた。私はこの六マイルのウォーキングのために特別に磨き上げたおろしたての高価なブーツをちらちら見ながら大股で歩いた。私はジュニアドクターだった四〇年前、短期間だが産婦人科で勤務していた。そのとき、午前中の中絶クリニックに通う女性たちがだらしない恰好でうつむき気味だったのに対して、午後の不妊治療クリニックに通う女性たちはみなきれいに装っていたことを思い出す。最初の検査は単純な間違いだったと判明するはずだ、と自分に言い聞かせた。私のPSA値があれほど高かったのは、検査の日に自転車で病院に行ったからだ。自転車に乗る七〇歳の慢性前立腺炎を患う男性についての研究はない。気休めのおとぎ話を自分に語りかけ、ピカピカのブーツに勇気を得て、私は美しいアルバート橋を渡り、高級住宅街のチェルシー地区を過ぎて病院に着いた。

マーズデン病院（職場では「マーズ・バー」と呼ばれていた）は一八五一年に建設された世界初のが

ん専門病院で、病院名はその創設者にちなんで名づけられた。私自身、二年前にこの病院の年次式典で記念講演を行った。私はかつてマーズデン病院でも脳神経外科医として働いており、この病院で脳または脊椎にがんが見つかった患者は、私の勤務していたトゥーティングのセント・ジョージ病院に送られてきて、その多くの手術を私が手がけていた。だから、この場所にはなじみがあった。それに、私は大人になってからの大半の時間を病院で過ごしてきた。

明るい照明がついているが、窓のない長い廊下はどの病院にとっても悩みの種である。壁にはお粗末なオリジナル「アート」作品が飾られ、さまざまな注意書きが貼られている。少なくとも、どこも汚れ一つなく清潔だった。外来の待合室は私が以前勤めていた病院の待合室ほど奥まった場所にはないが、待っている人はごくわずかだった。公正を期して言っておくと、翌週行ったスキャン検査科の待合室は、なかなかすばらしかった（面白みのないオリジナルアート作品と注意書きはそこにもあったが）。スキャナは数トン単位の重さがあるはずだが、どうやったのか屋根裏部屋に上げてあり、待合室には巨大な明かり採りがあってそこからいくつもの屋根や装飾が施された丸屋根が見渡せた。その後何度も受けることになる検査の初回、この病院を訪れたときには雨が降っていた。厚い雲の下で雨に濡れて輝く、灰色のスレートや鉛素材の屋根を眺めていると、化学療法や病気で疲れ果てている様子の他の気の毒な患者たちが私のそばで診察を待っているにもかかわらず、待っていることが心地のよい哲学的な体験に感じられた。

ウクライナを訪問したあるとき、私はオデッサの病院で手術を行った。そこは私立病院で、以前はスロットマシンの工場だった。その数年前ウクライナ議会がギャンブルマシンを禁止したため、工場主は経済的な問題を抱え、苦肉の策として工場を私立病院にした。その病院は私がこれまで見た中でもっとも窓の少ない建物で、工場のような雰囲気が残っていたが白く清潔ではあった。患者の病室にすら窓はなかった。しかし、地下には天井から床まで壁全体を覆う写真が飾られていた。それは木々の間からのぼる太陽が逆光で撮られた写真だった。それが殺風景なその部屋の雰囲気を一変させており、感動した私は自分の病院でも窓のない外来患者用待合室の壁一面に写真を設置しようと思った。私は、病院の経営陣から同意を取りつけ、長年のうちに患者から受け取った寄付金でなんとかこの壁を実現した。写真は風景写真家のチャーリー・ウェイトの作品で、その数年前、私は彼の写真を何枚も脳神経外科の壁にかけていた。待合室の壁には逆光写真がかけられ、それまで飾られていた二枚の陰鬱な抽象画は撤去された。紫と暗い緋色で描かれたその抽象画は自殺した画家マーク・ロスコの模倣画で、外来患者の待合室に座っているときに多くの人が感じるであろう無力感や不安を強める効果しかなかっただろう。アメリカで行われたロジャー・ウルリッヒ――病院の環境が患者に与える影響の研究に初めて取り組んだ人物――の研究によると、病気で入院して不安なときに人々が見たいものは、風景写真であり、理想的には水辺があって陽光に照らされた遠くへとつづく小道が映っている写真だという。あるいは、笑顔の写真だ。

以前私は病院の外観を改善しようと思い立ち、誰の許可も得ずに作業を進めたため、いくつかのトラブルに見舞われた。ある週末、私はハンマーと釘を持って病院に行き、大きな額縁に入ったチャーリー・ウェイトの風景写真を何点も飾った。病院の建物は民間資金イニシアチブ（ＰＦＩ）のもとで建てられ、高い利益をあげている民間企業が所有して、ＮＨＳに貸与していた。病院や学校を建てる際、政府から直接資金を提供されるよりも、ＰＦＩを利用する方が安上がりで効率的だと思われていたが、当時多くの人々が警告したように、実際はその逆だった。ＰＦＩは、経済犯罪とまではいかないが詐欺だったし、現在のところ誰も責任を問われていない。運よく私はその建物のマネージャーと懇意にしていて、彼の息子を治療したことがあったので、私の行動は許された。写真をかける前に写真の後ろ側の壁を消毒すべきだったと言われたが、そのときの写真は今もそこにある。病院の廊下に施した私のささやかなプレゼントが誰かに何らかの効果をもたらしたかどうか、そもそも誰かに気づいてもらえたかどうかはわからないが、病院に行くたび、それらの写真を見るとうれしくなる。

病院で行われている多くのこと、たとえば管理体制、制服、いたるところに貼られた注意書きなどは、病院スタッフと患者の間の隔たりを強調し、スタッフが本来持っている共感力を抑制してしまう。それは患者を助けるものではない。病院はいつも私に刑務所を思い出させる。病院でも刑務所でも、患者は服を取り上げられ、番号を与えられ、閉鎖された狭い空間に入れられる。命令には従わなければならない。そして、直腸検査を受けることになる――まあ、これは場合によるが。妻のケイトは人類学者で、意に反してたびたびの入院を余儀なくされているのだが、患者たちは囚人たちとまったく同じ質問を互いに投げかけると私に話した。「どうしてここに入ることになったの？」

ケイトに会うまで、私は病院のことを少しも理解していなかった。彼女は人類学者として、恥ずかしながら私が気づかずにいたことをはっきりと見抜いていた。ケイトが私に指摘したのは、病院で決して手に入れることができないものは安らぎ、休息、静寂であり、患者であるということは基本的に力を奪われる屈辱的な経験であるということだった。ケイトと出会ったのは、一九世紀に建てられたウィンブルドンのアトキンソン・モーリー病院が閉鎖になった時期だった。私はこの病院で長年働いていた。私が属していたユニットは、大きな教育病院の新しい建物に移動した。新旧の建物はかなり違っていた。

「hospital」という語はラテン語で「客」を意味する「hospes」に由来する。中世前期、「spitals」は慈善目的の避難所を意味し、通常は修道院にあり、旅人、病人、貧しい人々を親切にもてなす場であった。そこでわずかな治療を受けられることだけでなく、ミサが行われることも重要だった。最初の専門病院は一五世紀後期にミラノの建築家フィラレーテによって建てられた。病院には教会と同じ十字のデザインが使われ、ベッドにいる患者は十字部分で行われるすべての祭祀を見ることができた。死後、患者は十字の下の地下霊廟に安置されたが、その臭いが耐えられないまでになり、別の墓地を作らなければならなくなった。ヒポクラテスの時代にはすでに、感染症は物理的な接触ではなく汚れた空気によって広がるという瘴気（しょうき）説が優勢だったにもかかわらず、初期の病院はひどい悪臭に満ちていたに違いない。（この説は、コロナウイルスのような呼吸器感染症が空気感染するという範囲においては正しいが、それは臭いがないし、ほとんどの感染症は接触によって伝染する）

病院がその特徴的な設計を取り入れるようになったのは一九世紀にフローレンス・ナイチンゲールの活躍があった後である。ナイチンゲールは、瘴気説を深く信じ、間違った理由ではあったが、イギリスにおける病院設計に重要かつ有益な影響を与えた。アトキンソン・モーリー病院（一般の人々にはAMHとして知られている）はナイチンゲール病院である。つまり、新鮮な空気と陽光を取り込めるように天井が高く高窓がある。それは、病院が治療のための構造物になる前、ウィンブルドンがまだ野原や畑に囲まれていたころに建てられた。病院には厩舎、ランドリー、スタッフ用住宅もあった。こうした施設は徐々に失われ、開発のために売却された土地もあったが、私が働いていた当時はまだまわりに畑や木々があり見事なレバノンスギやオークもあった。建物は三階建てでスタッフは二〇〇人に満たなかった。人間的な規模で建てられていたのだ。私はスタッフ全員のことを知っていた。同僚の医師だけでなく、看護師、理学療法士、ポーター、清掃員などすべての人だ。私たちはみな、全階層において、本当の意味での帰属意識を持ち、患者に対して個人としての責任を感じていたと思う。この病院は評判になるくらい効率的で、私も一日に三、四件の大手術をこなしたものだ。今となっては想像もできないが。

私たちは部族的な動物であり、比較的小さな集団の中でもっとも強く幸福を実感する。その古い病院は、確かに少しみすぼらしくなっていたが、廊下ですれ違う人はみな私の顔見知りだった。ほっとして心が安まる。ところが新しい建物では、たいていが知らない人だ。仲間意識は少しも感じられない。誰もがそれぞれの小さなオアシスを目指して大急ぎで通りすぎる。私は、新しい建物に古い病院のよいところを再現しようと自分なりにベストを尽くした。たとえば、レジストラーのオンコール室にアフガンラグを敷き、ベッドと肘掛けイスを用意したが、しばらくすると経営陣が火災の危険があると言ってすべて撤去してしまい代わりに頑丈な家具を入れた。(実のところ、肘掛けイスには「耐火性」との表示があったが、まあいい)。アフガンラグ——かなり上質なラグだった——は消え、代わりのベッドはなかった。現在、古い方の病院は高級住宅とアパートメントが建ち並ぶゲートつき居住エリアになっている。

新しい建物は、病棟の外に広いバルコニーが設けられていた。患者がバルコニーを見たら、彼らがまっさきにしたくなるのは、そこから身を投げることだとみんな知っている。だから、このビルのバルコニーは立ち入り禁止になっている。私は何年も経営陣とやりあい、同僚たちと多額の寄付金を集めた結果、脳神経外科の二つの病棟のバルコニーを自殺できない設計にして、患者がベッドからすぐに出入りできる癒やしの庭に変えることに成功した。患者たちは、つかの間の息抜きに、監獄を抜け出して空や緑の植物を見ることができる。特大のプランターでは、今や高さ一五フィートになった優美なペンシルスギが成長し、病院のレンガ塀にはツタが伸びている。各種プランターの間には多数のイス、ソファ、さらには日光浴用の寝椅子が置いてある。トゥーティングのスレート屋根を見渡す眺望は、想像をはるかに超えて美しい。現在では多くの病院に癒やしの庭があるが、その大半は病棟からだいぶ離れた場所にある。採尿バッグや点滴スタンドを引きずりながら長い廊下を歩いてまで庭に行く患者はそういないので、めったに癒やしは訪れない。脳神経外科病棟のバルコニーに庭を造ったことは、私がこれまで為しえたどんなことよりも多くの人々に安堵と幸福感を与えられたのではないかと思う。庭は亡くなった患者の遺族が運営する慈善団体によって管理されており、殺風景な建物の他のすべてのバルコニーも庭にしようという計画がある。大金はかかるが、素晴らしいものになるだろう。病院に行くと、生き生きとした緑の壁が出迎えてくれるのだ。

進化によって、私たち人間は、草木や生物に囲まれているときに最大の幸福を感じるようにできているということを、精緻かつ科学的な方法で証明するのは困難である。私にはニューヨークで育ち、花にも木々にも風景にも一切興味がない友人がいる。しかし、私は、自然を愛する気持ちはほとんどの人が生まれつき持っていると思いたい。だとすると、なぜたいていの病院はあれほどうるおいのない場所なのか？ ホスピスで死を迎えることになり、残された時間がほとんどなくなったときにだけ、なぜ庭や花や木々にまた触れることが許されるのだろう。

私はこの問いについて何年も考えてきた。単純な答えはないが、確かなのは、いったんビルが建った後では環境を改善しようとしても無理がある。よくあるケースではあるが、病院が都市部の狭いスペースに建てられている場合はとくに難しい。最初から環境を考慮に入れて建設計画を立てる必要があるが、これもめったに実現しない。建築の世界には、成功する建物の裏には、見識あるクライアントがいる、という格言がある。不出来な建物を建築家のせいにするのは簡単だが、最終的に建物の質を決めるのはそれを依頼する人である。しかし、病院のクライアントとは誰だ？ 患者？ 経営陣？ 医療スタッフ？ 政府？ 多くの病院経営者や医師が優れたデザインの重要性に関心も理解もない事実に私はたびたび衝撃を受けてきた。彼らは病院を機械と同じもののように見ているが、建物の生涯コストのうち少なくとも七五パーセントはそこで働くスタッフのコストなのである。洗練された建物を作れば、スタッフはより効率的に働き、残業が減り長期的にはコストの節約になる。そして、おそらくは患者の回復速度も上がるだろう。しかし、この種の長期的視点は、残念ながらＮＨＳに欠けている。それどころか、病院の壁に貼られた掲示には「尊厳と敬意を持って患者さんを治療いたします」と宣言されているにもかかわらず、患者は相変わらず下に見られ、病院環境の品質向上は金の無駄とみなされている。患者が本当に尊厳と敬意を持って扱われているならば、そもそもこんな掲示は必要ないはずだ。

マーズデン病院に到着後、仏頂面の窓口係のもとで受付を済ませると、パンフレットが並べられたラックの横に座った。パンフレットには、前立腺がん、直腸がん、乳がん、膵臓がんなど、さまざまながんとの共存について書かれ、表紙には健康そうな老人たちが過剰なくらい笑っている写真が載っていた。私は、その老人たちがモデルなのか、それとも実際の患者なのかと考えた。そのうち看護師がやってきて、体重や身長を測定された。私は、若かったときより二インチ近く背が縮んでおり、腹立たしいことに、風呂場の体重計が、気をよくさせるつもりか私の体重を五キロも過小評価していたことに気づいた。その後、尿流量測定装置でもう一度検査をする必要があると言われた。私は、小さな脇部屋に案内され、水が入った多数のプラスチックカップを見せられた。私は指示されたとおりカップの水を飲み、特別な設備を備えたトイレへと子どものように連れて行かれた。

数分後、私の排尿困難の程度が客観的に測定されたプリントアウトを手に、私はトイレを出た。看護師はプリントアウトをちらっと見て眉をひそめた。私の努力が足りなかったに違いない。自分が子どもに戻って、トイレトレーニングを最初からやらされているような気分だった。

私はとがめるような表情の看護師の後について先ほどの脇部屋に戻った。彼女は豊かな黒髪を腰まで伸ばしていた。

「きれいな髪だね」と私は言った。

「チャリティーのために伸ばしています」と彼女は答えた。「化学療法を受けている女性のウィッグを作るんです」

ここまで、何をしていてどんな状況なのか一言も説明がなかったが、看護師が部屋を出るときに、医師が診察にきますと私に言った。

しばらくすると腫瘍専門医がやってきた。

「最初に申し上げたいのですが、こんな形でお会いすることになって残念です」と彼が言った。

親切のつもりで言ってくれたのだろうが、私たちの関係がよくないはじまり方をしたことがわかり、不吉な予感に身構えた。彼はひとしきり私に話しをした後、がんがすでに広範囲に転移していないかを確認するために必要な検査を迅速に進めると約束した。

「私のPSA値から考えて、転移の可能性はどの程度でしょう?」と私は尋ねた。

「七〇パーセントですね」と私から目をそらして彼は答えた。

私は、望む答えを期待しながら、自転車に乗っていたことがPSA値に影響を与えたかどうかを聞いた。

「PSA値を1上げるには、でこぼこの道を自転車で一〇〇マイル走らなければならないでしょう」というのが彼の答えだった。

私は、医師であり、同時に不安を抱えた患者であることで葛藤し、未来について彼にどのように質問するべきか悩んだ。悪い知らせは聞きたくないが、希望がもてるような言葉は欲しかった。

「どうか医師として私に話してください」と彼に言った。「私の場合、自分の患者にがんだと伝えるときには、患者を元気づける努力もしました」

「私たちはそういう対応はしません」と彼はぶっきらぼうに答えた。今思うと、私の発言は矛盾していたようだ。一方で真実を話して欲しいと言い、他方で希望を与えて欲しいと望んでいた。

彼は今にも立ち去りそうな風情でイスの端に腰掛け、膝の上に紙を置き、そこにメモを書き留めていた。私は気まずくなって、口ごもった。そして、つい、初めて腫瘍専門医に会ったときに誰もがするであろう質問――「私の余命はあとどれくらいなのか?」――を彼にぶつけてしまった。あるいは、むしろその医学的バージョンを知りたかった。私は彼にこう尋ねた。「PSA値130を唯一の手がかりとした場合、私の五年生存率はどのくらいですか?」。実は、私はこの答えを知っていた。三〇パーセントだ。しかし、彼はこの数字を口にしなかった。

「五年は遺書を書く必要がありませんよ」と彼は言った。もちろん、現実的に考えて彼が私という個人の医学上の見通しをわかっているはずはない。私はそれを承知していながら、子どもっぽくも、彼に「心配する必要はありませんよ」と言って欲しかったのだ。彼は確率だけ私に与え、それすら気が進まないふうだった。患者は確信を求めるが、医師は不確定要素だけを扱う。

「あなたのことをもう少し教えてください」と彼は言った。私は、体力を維持することと書くことを大切にしていると言った。

「一年に一冊本を書くとすれば、あと五冊は書けますね」。笑いながら彼は言った。たぶん私を安心させようとしたのだと思うが、書くことのたいへんさを彼はわかっていないと感じた。

「ホルモン療法が認知機能に影響を与える可能性があるとどこかで読んだのですが」と私は思いきって言ってみた。

「少々漠然としたお話ですね」と彼は答えたが、それ以上突っ込んで聞いてこなかった。彼には治療に伴う副作用についてもっと詳しく説明するという選択肢もあったかもしれないが、彼がそうしたとしても、不安が大きすぎて頭に入ってこなかっただろう。医師として私は、患者は、とくに初診のとき、医師が話したほんの一部しか聞いていないということを重々承知していた。

彼は去り際に、私が「チーム」と会うというようなことを口にしていた。

パーセンテージは患者の問題である。長年の間に私がいっしょに仕事をしてきた腫瘍専門医の何人かは、患者にパーセンテージを知らせないと話していた。言うまでもなく、問題は患者と医師の立場の違いだ。患者は特定の個人としての自分に何が起こるかを知りたがり、医師の方は、同じ診断を受けた一〇〇人の患者に何が起こるかという観点でしか答えることができない。所定の年数が経過した段階で、一定の割合の人々はまだ生きていて、残りの人々は死ぬ。それぞれの患者がどちらのグループに入ることになるかを知る方法はない。あなたの主治医はあなたがどれだけ生きるのか、死の瞬間までわからない。

外科医として、たびたびがんを扱うこともあった年月を振り返ってみると、私自身も、パーセンテージという観点で話したことはほとんどなかった。悪性神経膠腫（原発性脳腫瘍）は、手術や放射線治療をしたとしても、一年死亡率が少なくとも五〇パーセントあり、五年生存率はわずか五パーセントである。

私は悪性神経膠腫の患者に「あなたがとても運が悪ければ、六カ月後に死んでいるかもしれないし、とても運がよければ数年後も生きているかもしれない」と話したことがある。そして私は、大部分の人はこの両極端の間で腫瘍を再発すること、さらなる治療の可能性があることを説明するが、その治療の効果が得られることはめったにない事実は黙っている。

当時の私は、問題に対処しつつ、希望と現実とのバランスを取るという意味で、これはかなり優れた方法だと思っていた。しかし、グーグルやインターネットがあたりまえになった時代において、この方法が今も通用するかどうか確信がない。

私自身ががんと診断される二カ月前、すばらしい陶芸家である親友のフィル・ロジャースが悪性神経膠腫と診断された。わずか数日の間にフィルは錯乱状態になり、彼の妻でやはり優れた陶芸家であるハ・ジョンが切羽詰まった様子で私に電話をかけてきた。夫の病状を地元の病院が真剣に取り合ってくれないというのだ。この状況をさらに難しくした背景にはコロナウイルスのパンデミックがある。加えて、脳の前頭葉に影響を及ぼす腫瘍ではありがちだが、私の友人は自分の問題に対する病識がなかった。私は二人の家庭医に伝えるべきことを彼女に説明し、その後、彼は脳スキャンを受けた。悲しいことに、結果は「蝶神経膠腫（脳画像では腫瘍の形がどことなく蝶に似ている）」を示していた。名前からは良性のような印象を受けるのだが、これは脳腫瘍の中でももっとも致命的なものの一つである。この種の腫瘍は、脳梁（左右の大脳半球をつなぐ無数の神経線維）から発生する。腫瘍は瞬く間に脳の両側に広がり、数週間のうちに進行性の錯乱や精神異常を引き起こす。この腫瘍を持つすべての患者は、数カ月のうちに死亡し、治療効果は望めない。高用量ステロイドの投与で一時的に症状が回復するが、数週間しか効き目がない。

こんな脳腫瘍になったら、私は一切の治療を拒否したいといつも思っていた。数週間のステロイドはやってみてもいいが、放射線治療も外科生検もお断りだ。これらがこの腫瘍に対する標準的な治療ではあるが、望ましい効果があると考える脳神経外科医を私は知らない。私にはフィルとハ・ジョンと話す以外の選択肢はほぼなかった。二人には、私の同僚医師のアドバイスを受け入れるように言った。つまり、必然的に生検と放射線治療を承諾するということだ。フィルたちはウェールズ中部の辺鄙な土地に住んでいたので、治療のための通院は実際の治療以上にきついかもしれない。私自身が経験して痛感したことだが、自転車で一時間の道のりだけでも通院はつらかった。ただ、治療はフィルに残されたわずかな時間を無駄にするものだとわかってはいても、治療の効果は見込めないとはっきり彼に伝えて、彼と彼の妻から希望を、それがたとえ数ヵ月の希望であっても、奪うことはできないと思った。私は、フィルの腫瘍が命にかかわるものだと時間をかけて説明し、これから数週間が彼に残された最良の時間であり、彼はそれをせいいっぱい楽しむべきだと話した。運がよければ、何ヵ月も元気でいられるかもしれないとも言った。

彼は、驚くほど冷静に私の言葉をすべて受け入れた。「それが現実ってことだな」と彼は言った。これが彼のストイックな性格からくるものなのか、前頭葉の損傷によるものなのかはわからない。フィル・ロジャースは、バーナード・リーチと濱田庄司の伝統を受け継ぐ世界的な陶芸家で、各国の美術館に彼の作品が所蔵されている。彼はとても美しい瓶や器を作り、彼の作品が保管された納屋はまるでアラジンの洞窟のようだった。フィルの家を訪れるたび、私はすばらしい作品に出会いたくてその洞窟に入ったものだ。長年の間に彼の陶器をいくつも買った。フィルが病に倒れる少し前、彼は薪窯に火を入れた。薪窯での焼成の結果はほぼ予測できない。火を入れてから四八時間焼きつづけなければならず、温度をコントロールすることは難しい。数日して窯が冷めてそれを開けるとき、出来ばえがどうなのか、期待と不安は途方もなく大きい。

フィルは私と話した数日後に窯を開いた。

「これまでで最高の出来だ」と彼は言った。「たぶんこれが最後になると思うと、ちょっと皮肉だね。

でも、妻のたくわえにはなるはずだ」

実際、見事な焼成だった。彼の死後、ハ・ジョンは、この最後の作品をすべて納屋に保管した。数カ月が過ぎ、新型コロナウイルス感染症によるロックダウンが緩和された後、彼女は亡き夫の人生を祝福する大きなパーティを企画した。数日後、フィルの死を聞きつけたに違いない窃盗団が納屋に忍び込み、とりわけ貴重な作品を盗み出した。数日後、ハ・ジョンは、それらを写真に撮って目録を作る時間がなかったため、盗まれた物を正確に知ることはできなかった。よって、警察の助けも借りられなかった。後日、彼女は最後の焼成でできた小さな花瓶を私にくれた。灰色の釉薬（フィルはとくに釉薬の使い方がうまかった）が斑点状にほどこされたその美しい花瓶は、この原稿を書いている今も私の前に置かれている。それを見ながら、ろくろが回転し、彼の手がその花瓶の形を作っているところを思い浮かべるのは楽しい。

私自身の不透明な未来と近づく死により感じる不安や、期待と絶望の間を揺れ動くつらさを身をもって知った今、かつて私が患者と話をした後、彼らに与えた実際の影響についてほとんど考えていなかったことを思い知った。私の口調が過度に悲観的だと、気の毒な患者は自分に残されたわずかな時間を、死を待ちながらひたすら憂うつな気分で過ごすだろうと心配だった。だから私は、患者に真実を告げることと希望を奪わないこととのバランスを取ろうとしてきたつもりだ。ただ、患者が亡くなった後、その家族から連絡をもらうことはめったにないので、彼らに対する私の話し方が適切だったかどうかを知る術はなかった。自分の気持ちを探っていく中で、偽りの希望──「否認」とも言う──は、希望が全然ないよりはましだが、医師が、私と同じような病気の患者と話すとき、どうやって真実と希望のバランスを取るかの判断は非常に難しい。

先の検査のときに腫瘍専門医がチームとのミーティングについて話していたことを私は誤解していたようだ。看護師が戻ってきて「もう帰っていただいて大丈夫ですよ」と私に告げたとき、私が「チームと会うことになっているはずなんだが」と言うと、看護師は怪訝な表情で隣の部屋に入っていった。開かれたドアの隙間から、あの腫瘍専門医がコンピューターモニターの前に座り、数人の同僚と談笑しているのが見えた。看護師が戻ってきた。

「帰って結構です」と彼女は言った。

「そうか」と私は思った。あれは彼のチームの話であり、私はすでに反対側に渡っていたのだ。自分がありふれた患者の一人、前立腺がんを患う一人の老人となり、特別扱いを受けるべきだと主張する権利は持っていないことを悟った。

10

教科書によれば、治る可能性はないという診断を受け入れるまでに患者はいくつかの段階を経験するという。「懐疑」の段階からはじまり、「恐怖と否認の間の揺れ」「藁にもすがる思い」「駆け引き」「怒り」「絶望」を経て、そしておそらくは「受容」へと進む。人はそれぞれ違うので、これは単純化しすぎかもしれない。私の場合、事態が手遅れになるまで放置したことについて自分を激しく責める時期があった。涙にくれながら自分を呪い、自身の愚かさについて何度も何度もケイトに謝った。ただ私は、「なぜ私なんだ?」と自問することはなかった。医師として、その答えがシンプルなもの——なぜ私は違うと言える?——だと承知していた。

夜中にベッドに横たわり、死を切望し、すべてを終わりにしたいと願ったが、同時に「死ぬのが怖いから死にたい」という考えがばかげていると自覚していた。この葛藤の一、二時間後、私はぐっすり眠った。おそらく、共感疲労が生じていたのだろう。

この苦痛に満ちた時間のおかげでポジティブな発見もあった。私はこう理解した。私の人生は七〇歳である意味完結した。自分の人生を振り返って、成功だったと感じた。しなければならないことは何一つない。三人の子どもたちはみんな中年にさしかかり、健康で自立している。愛してやまない三人の孫娘もいる。残念ではあるが、私がどれだけ長生きしても、大人になった孫たちを見られるほどは生きられない。要するに、私はすでに生物学的な目的を終えたのであり、進化という視点から見れば、私がどれだけ長生きしようと関係ないのだ。

私は、生まれた場所もタイミングも、そして両親と教育環境に恵まれた点でも非常に運がよかった。私たちは、それぞれの遺伝子、文化、そして幼少期の環境の産物である。努力できる能力自体が運次第であり、ある種の努力が十分に報われる社会の一員であることが運の問題であるように、成功は、努力以上に運によるところが大きく（ただし、努力は必須だ）、当然のように手に入ることはめったにない。私は医師という職業で成功した。私は世界中を旅して、山々、砂漠、ジャングル、多くの有名な都市を見てきたし、いろいろな国に友人がいる。これ以上旅をしたいとは思わない。未来の世代――ここには私の孫娘も含まれる――が、私のような機会に恵まれるかどうかは疑わしいと思う。私は数多くの失敗をしてきたし、熱意や野心が高じて他人を踏みつけにしたこともあった。何もかも自分でやろうとしてとんでもない時間と労力を無駄に費やし、できあがった屋根の多くは雨漏りする。それでも、私には愛する家族と大好きな友人たちがいる。それに、長生きする最大の理由は、妻ケイトのためであり、家族や友人のためだ。私たちは、結局のところ、どこまでも社会的な生き物なのだ。

本当の幸せとは、他の人を幸せにすることだと私はよく思う。

未来にもまだ幸せが待っているかもしれない。だとしても、死んでしまったらその幸せをつかみ損ねるのではないかと心配したり、自分の死後に他の人たちが楽しむだろうと憤慨したりするのは無意味だ。それどころか、私は太陽の光を浴びることに喜びを感じてきたが、次世代の人たちにとっては、地球温暖化のために太陽光はもはや無害ではなくなっている。

しかし、私の場合と、若くして死ぬこととはまったく違う話だ。私がジュニアドクターになりたてのころに診た患者の一人にダニエルという二〇代のアイルランド人がいた。彼は局所浸潤性の大腸がんで「凍結骨盤」の症状を呈し、膀胱と腸の下部が播種性がんに浸潤されて機能不全に陥り、死にかけていた。私たちは、ハムステッドヒルにあるロイヤルフリー病院の一〇階にいた。そこからは、ロンドン中心部のすばらしい景色が見下ろせた。

「窓の下の街路にいる人たちはみんな」と彼は苦痛と絶望でかすれた声で言った。「これからも生きつづけられるのに、どうして僕は死ななければならないのですか?」

死期が迫った患者にどのように話したらよいのか、指導も助言も受けたことがなかった。医師になってまだ数週間だった。あのとき、自分がとんでもなく無力だと感じたことをはっきり思い出せる。彼の問いになんと答えたか覚えていない。病棟の回診のとき、彼のベッドのカーテンは閉じられていた。私は教授に彼の凍結骨盤についてボソボソと伝え、教授が心得顔でうなずくと、私たちはすぐにその場を離れた。だが、ダニエルはカーテン越しに私たちの声を聞いていたに違いない。私たちはややもするとひどく残酷になる。ダニエルは数日後に死んだ。

私の死後私の不在を寂しいと思ってくれる人はいるだろうが、死んでしまった私が胸を痛めることはない。「まだ元気なのに病気の悪化を心配して落ち込み、時間を無駄にしてしまった」と死ぬ間際に後悔することがないよう自分を戒めている。私は、自分のためにも他の人のためにも、今をせいいっぱい生きる義務があるのだ。しかし、それがわかっていても苦悩に苛まれた。絶望と不安の波が立てつづけに襲ってきて私を圧倒し転覆させる。なんとか体勢を立て直して水面に浮上しようともがくのだが、すぐにまた次の波がやってくる。しかし、自己憐憫の沼に深く沈みはじめたとき、自分と同じ状況にある誰かが私と同じように自己憐憫を感じているとしたら、私はその人のことをどう思うだろうかと自問する。その答えはいつも、「情けない奴だな」だった。こんなふうに一歩引いて、外から自分を見ることはかなり難しかった。それでも、私はなんとかやりとげ、そうすることで気持ちが楽になった。

患者になってみて最悪だと思うことの一つは「待つ」ことである。殺風景な外来待合室で待ち、予約時間まで待ち、検査やスキャンの結果を待つ。医師は自分の机に書類や検査結果の束が積み上げられているとき（最近は主にデジタル情報だが）、それぞれの結果にはそれに付随する不安な患者がいるということまで気が回らない。私の息子は生後三カ月のときに受けた脳腫瘍の手術に成功したが、それから一〇年間経過観察のために脳スキャンを受けつづけた。前妻と私は結果を待つ苦痛について学んだ。ほとんどの医師は、自分自身、あるいは家族が病気になるまでこの苦痛を理解することがない。

私自身に関して言えば、今、私の人生は数カ月ごとに出るPSAの結果が一つの区切りになっている。PSA検査により、腫瘍が再び大きくなりはじめたかどうか、つまり「去勢抵抗性前立腺がん」を発症しているかどうかがわかる。結果が悪ければ化学療法が開始され、治療の終盤を迎える。いずれにしても、長く待たされることなく結果を知りたいと思う。

私は、この先数年のうちに前立腺がんで死ぬのも悪くないと思うようにしている。そうなれば、私が死と同じくらい恐れている認知症や老衰になるほど長く生きないで済むからだ。私のがんは、アルツハイマー病に対する一種のワクチンになるわけだ。完全に理性を失い、情けなくも空虚な抜け殻になって死んでいった父のことを思う。悲しいことに、私たちの心には、人が本来の自分であったときよりも、人生の終わりを迎えたときの姿が記憶に残る。

この待ち時間を私は主にロンドンの自宅で過ごし、仕事場でリジーのために新しいドールハウスを作ったり、アイリスとロザリンドのためにハガキに絵を描いたりしていた。その絵は、私がフェイスタイムを使ったビデオ通話で毎晩彼女たちに話していたおとぎ話のイラストで、ドラゴンや伝説上の怪物が多かった。中世の装飾写本を手本にして絵を描き、ときには本物の金の破片を使った絵の具や金箔も使ったが、上出来とまではいかなかった。作業をしながら、私はラジオでクラシック音楽を聴いていた。偉大な作曲家たちがみんな死んでしまっていると思うと、不思議と慰められた。そう、私より前に死んでいった人は無数にいるのだ。遅かれ早かれ、どんな形であれ、死はすべての人に訪れる。それは人生の一部なのだから死をよき友としていけばいい。

ただし、これは売られた喧嘩を買ったようなもので、合理主義者の負け惜しみだ。もちろん、私は死にたくはない。進化上、私たちが老齢まで生きることには意味がないのかもしれないが、私たちは死に対する圧倒的な恐怖を背負いつづける。私たちの遺伝子が成功を収めるためには、親となる若い人たちが死を恐れることが必須条件なのだ。若い世代が命を危険にさらす行為を回避することにより、子どもたちが育ち、増えていくからだ。しかし、人が年を取って、遺伝子を残すという目的がなくなったとき、そして現代医療により、私たちがまだかなり元気なうちから、前もって数年、あるいは数カ月先の死を予告される状況になると、年老いて感じる死への恐怖は、私たちを惨めな気持ちにさせる効果しかない。

確かに、死は、遅かれ早かれ、どんな形であれ、すべての人に訪れるし、それは人生の一部であるが、生きつづけたいという私の願いは、「一目惚れ」のように圧倒的で決定的なものなのだ。

だから私は、PSA値が間違っているかもしれない理由を見つけようと必死でインターネットで検索し、心の中で議論や葛藤を繰り返した。私が転移性病巣を持っているかどうかを示す検査結果が出るまで二週間近く待たされるという事態に遭遇したときは、どん底の気分を味わった。骨のスキャン、CT、そしてMRI検査は、ありがたいことに数日で終わるようにスケジュールが組まれていた。看護師や放射線技師がとても礼儀正しく親切だったので、私はむしろ検査を楽しんだ。白のガウンとパンツ以外裸になって、純粋無垢な気持ちで大きなマシンの中で手足を伸ばして横たわり、神に祈るように、私の死を予言する先端技術が私のことも救ってくれることを願っていた。

転移があれば、私に残された時間は長くはないだろう。しかし、絶対確実なことなど一つもない。アルバニアの脳神経外科教授の友人は私に手紙を寄こし、フランスのミッテラン大統領が進行性の前立腺がんを患いながらも一一年生きた経緯を知らせてくれた。家族や友人は、大丈夫だと私を慰めた。しかし、私と同じくらい必死で生きたがっていた患者たちのことを思い返すと、彼らの家族もおそらく大丈夫だと声をかけたはずだが、患者たちはそれでもやはり亡くなった。

私は、気分が悪くなるほど思い悩むときもあれば、PSA検査の結果はすべて間違いだとか、私の腫瘍は治療で奇跡的に回復するとか、都合のいい作り話を信じ込もうとすることもあった。私は絶望的な気分でこうしたおとぎ話にしがみつき、偽りの希望からつかの間ながら深い安堵を見出した。私の気分は激しく揺れ動いた。この捨て鉢な楽観主義は一種の否認だと思うが、否認には歓迎すべき点もある。たとえ一時的であっても、その楽観主義が死の影に怯える日々からの救済をもたらすことがあるからだ。

ケイトは深刻な問題に対処する私のやり方を「治療的破局化」と表現する。私は考えられる最悪のシナリオを思い浮かべて恐怖にかられる。自分がどんなふうに死ぬか、さまざまなシナリオを想像してみた。私の想像は微に入り細を穿つものだった。麻痺している自分、ベッドに冷たくなって死んでいる自分――私は死体がどう見えるかよく知っている――を想像し、死体の横で抑制できないほど泣きじゃくっているケイトを想像した。ケイトが泣いているところや、似たような他のさまざまなシーンを思い浮かべて、私も号泣した。たぶんこれは、単なるパニックや感傷的な自己憐憫ではなく、この先に待ち受けているかもしれない事態を受け入れ、いったんそれを脇に置いて、何であれ私の人生に残されたことをやり遂げる助けになるものだったのだろう。

転移の有無についての知らせが予定より二週間も遅れており、私は不安でおかしくなりそうだった。それでも、他の多くの患者と同様、こちらから病院に問い合わせることはしなかった。手のかかる患者だと思われたくなかったし、転移性疾患にかかっているという検査結果が怖くもあった。知らないまま生きることにも利点はある。しかし、悩んだ末、結局私は同僚のケンに助けを求め、彼が担当の腫瘍専門医に連絡をとってくれた。病院から連絡がないので、さんざん不吉な理由を想像していたのだが、実はNHSにはよくある硬直化した官僚主義的怠慢による単純なミスだったことがわかった。それは、アメリカ人が社会主義医療と呼ぶ、患者が検査結果を聞いたり治療を受けたりするために列に並ばなければならない状況である。医療に市場経済が持ち込まれるのはどうかと思うが、残念ながら、利益という動機づけがあるとき、医師や病院はより迅速に対応するようだ。少なくとも、プライベート医療サービスを受ける余裕のある人にとってはその恩恵がある。

二日後、腫瘍専門医から電話があった。

「連絡が遅くなってしまい本当に申し訳ありません」と彼は言った。「私のチームは、あなたがスキャン検査を受けたと私に言ってくれなかったんです。あなたから連絡をとってくださってよかった。私のチームは入れ替わりが激しくて……」と、彼は直面している組織の問題についてくどくどと話しはじめた。それは、NHSの専門医として働いていたころに私自身がいやというほど経験したことだった。結局、私は彼を遮って、スキャン結果について尋ねなければならなかった。腫瘍専門医は、転移は見られないと言った。これを聞いて私は心から安堵し、私のスキャン結果を気にかけなかった彼を黙って即座に許すことにした。

一週間後、私はクリニックを訪れ、尿流量測定マシンでのトイレトレーニング的な検査がまた失敗に終わり、スタッフに非難めいた顔をされた後、再び腫瘍専門医に会った。部屋に入ってきた彼は、数枚の書類を私の手に押しつけ、椅子に座らず、私から少し離れたところに立った。

「あなたのデータです」と何の説明もなく彼は言った。後で確認したら、それは私のスキャンに関する報告書のプリントアウトだった。

「こちらは家庭医にお渡しください」と彼は言って、処方箋のための書式をくれた。「放射線治療の前にPSA値を1以下にする必要があります」

「勝算はどのくらいですか?」。彼に尋ねた。

「九〇パーセントですね」と彼が答え、私の心臓は跳ね上がった。「ただ、あなたの場合、リスク要因があります」

「PSA値が高いことですか?」

「ええ、そう。あなたのPSA値です」。その答えに気持ちが沈んだ。

彼は、私に生検を受ける必要があると言った。

「どうしても必要ですか？」。彼に尋ねた。「もう診断は下っているのでは？」

私は神経腫瘍を専門とする同僚とよく同じような議論をしていた。生検は、診断のために組織サンプルを採取する小手術である。小規模とはいえ手術なので、リスクがないわけではない。患者にメリットがなければ、そのリスクは正当化されない。そして、当然のことながら、生検を行うのは外科医であり、生検により問題が起こった場合その責任を負うのは外科医であって、生検を要求する腫瘍専門医ではない。私の患者にも脳腫瘍の生検が原因で亡くなった人が何人かいる。

「申し訳ありませんが、生検を受けていただかなければ新しい抗がん剤の治験に参加できません」というのが彼の答えだった。実験的な薬品を用いた治療が必要になるかもしれないと考えると気が滅入るが、避けられないというならそれも仕方ない。

そして、どうやらそれは避けられそうもなかった。前回彼に会ったときと同様、私は気まずくなって、口ごもった。彼は、私が医師であるから自分の治療についてもすべて承知してると推測しているのか、あるいは、私があまり口をきかないのは、何も質問がないからだと思っているのか？ それとも、コミュニケーションは資料や専門看護師を通じて行われるのが普通なのだろうか？ 私は化学的去勢についてはわりとすんなり受け入れたが、その件でもう少し医師と話し合えればよかったと思う。七〇歳になっているとはいえ、男にとって去勢は些細な処置ではない。この先に何が待ち受けているのか、私はよくわかっていなかった。

それからまもなく例の「チーム」が到着した。無口な放射線担当看護師が資料を渡してくれ、尿流量データのプリントアウトを持ってきたフレンドリーな「前立腺専門看護師」は眉をひそめてそれを見ていた。

「尿流量がひどいですね」と、とがめるような声でそっと彼女は言った。

「わかっています」。私は罪悪感と不安を感じながら答えた。

「一日二・五リットルの水を飲まなければ、放射線治療のときにつらいですよ。患者さんの中には放射線治療でたいへん苦労する方がいます。でも、問題解決までにまだ二カ月ありますから」

二人の看護師は私といっしょにいると少し居心地が悪そうだった。同情してのことか、それとも私が高名な脳神経外科医だからなのか。おそらくはその両方だろう。患者のケアはしだいにプリントアウトに取って代わられつつあるようだと私は残念に思った。

私は資料に書かれていたアドバイスに従うと心に誓った。次の朝、いつものランニングに出かける前に半リットルの水を飲んだ。二マイルを完走するのが徐々につらくなってきていて、医師が「尿意切迫」と呼ぶ症状による圧倒的な焦りと闘いながら家まで走った。玄関のドアの鍵を開けているとき、私は闘いに敗れ失禁した。次に走るときは、出かける前に半リットルの水は飲まないようにしようと決めた。少し調べただけで、私が怪しいと疑っていたことが、実際に怪しいと確認できた。毎日、二・五リットルの水を飲まなければならないという説はナンセンスだ。これは、一九四六年にアメリカ政府が発表した報告書に掲載された勧告が誤って解釈され、広まった俗説である。その報告書には確かに一日平均で二リットルから二・五リットルの水分を摂取する必要があるとしていたが、追加情報として、この水分の三〇から四〇パーセントは食品に含まれていると書かれていた。つまり、外気温や活動量にも左右されるが、一日に一リットルちょっとの水を飲めば十分なのだ。私と似た境遇にある他のどれだけ多くの患者が、与えられたアドバイスに従おうとして自らを苛んでいるのだろうか。

私は、脳腫瘍であると診断されたばかりの患者に初めて会うときには、一時間近く、ときにはもっと長い時間、患者と話をしていた（と思いたい）。NHSでのフルタイムの勤務を引退してカトマンズで仕事をはじめたとき、私が研修生たちに教えたのは、外来患者のコンサルテーションは、必ず「何か聞きたいことはありますか？」という質問で終えなければならないということだった。その際、形式的に、急いでこの質問をしているという印象を与えてはならないとも伝えた。質問にはすべて答えてもらいましたと患者から言われることが私のプライドだった。しかし、私がその境地に至るまでには何年もかかったし、患者たちは後になって聞きそびれたと気づいたことも多々あったに違いない。おそらく、私のように、答えを聞くのがこわくて質問できなかった人もいただろう。私も患者になってみると、ショックと混乱でこの先に私を待っているものが何かをしっかり尋ねることができなかった。

11

七〇歳が近づいて来たころ、がんの診断はまだ下っていなかったがそれはすでに存在していて、私自身も自分の体が「賞味期限」を過ぎていることをしだいに否定できなくなっていた。肥大した前立腺のせいで、夜中に目が覚め暗闇の中をトイレに行く途中で失態を犯すようになっていた。夜中のトイレは本当にしんどい。ベッドに戻ってもなかなか眠れないことがあって、そういうときはとくに腹が立った。医師としてもっと冷静に判断すべきだったのに、私はがんの可能性を完全に頭から追い出していた。私はむしろ、アルツハイマー病と不眠症の関係を案じていて、この不安のせいでいっそう寝つきが悪くなっていた。寝返りを打ちながら、アミロイド斑が脳に溜まっていき、自分の神経細胞が窒息していくのを想像した。運転を困難にしている膝の関節炎、手根管症候群のレイノー現象、それに左手薬指と中指の小関節が痛んで目が覚めてしまうこともある。関節の一部が少し変形しているのだ。以前のように手先の繊細な動きがかなわず、しばらく前に手術をやめた。早すぎるきらいはあったが、手遅れにならずに済んでよかったと思っている。夜間の問題のせいで、朝ようやく起きたときは自分の幽霊に夜間訪問されている気分になり、同時に私はあとどれだけ生きなければならないのだろうと考えたりした。もしかしたらこのとき、私はすでにがんであると無意識に予感していたのだろうか。

日中は首がきしみ、たびたび痛みが走る。ひどく体がこわばっているので、夜、空を見上げようとしたときに、後ろにひっくり返らないように気をつけなくてはならない。以前の網膜出血の影響でどちらにしても私にはぼんやりとしか見えないのだが、孫娘たちが私には何も見えない空の星をいくつも見ていることに驚く。左目に人工レンズを入れているので、左右の目の焦点を合わせることは、かつてのように自動的で容易な動作ではなくなっている。左手には「感覚障害」があり、チクチクと痛む。症状は、小指と薬指に出ることが多いが、ときどきすべての指に痛みが起こる。これが、尺骨神経症候群か、C8神経根障害か、手根管の症状なのか、あるいは初期の脊髄症なのか、私には判断できない。言い換えれば、私の手首、肘、首、または最悪の可能性として脊髄で神経絞扼が生じているかもしれないということだ。寒いときには、指先が極端に冷たくなるのだが、おそらく指先の血液の微小循環が悪化しているからだと思われる。同じように脳も衰えはじめていて、それが私の脳画像の不穏な変化として表れているのだろう。私の記憶力はかつてとは別物だし、簡単な暗算にも苦労している。末の孫娘のために私の仕事場で作っている精巧なドールハウスの寸法を計算するときも、しょっちゅうミスをしている。よく知っている名前や単語を忘れてしまうことがしばしばあり、数時間後に突然思い出すということもある。自転車のギアを変えるときも痛む。親指のつけ根、中手骨と大菱形骨（手首を構成する小さな八つの手根骨のひとつ）の間に関節炎があるからだ。自転車をまたいで乗り降りするときに、右足を振り上げるのが難しくなってきた。うまくできなくて転ぶのも時間の問題だ。疲れやすく、午後に居眠りすることも多い。少し体を動かしただけで、ため息が出たり、ときにはうめき声が出たりする。かつて私が若くて無知だったころは、年寄りのこんな様子をみると、情けないとか、気を引こうとしているだけだろうと思ったものだ。

進化人類学者は、人間は運動を嫌うべく進化してきたという説得力のある議論を展開している。私たちの祖先である狩猟採集民の研究によれば、彼らは、どうしてもやらなければならないとき、すなわち生き残るためにそうする必要があるときにしか努力しないという。もし毎日スーパーマーケットまで一〇マイルも歩かなければならないとすれば、その後ジムに行く気にはならないだろう。進化は、次回のスーパーマーケット訪問のためにエネルギーを節約するよう私たちを形づくってきた。私は五〇歳を過ぎたころから定期的にランニングをするようになった。それ以前は、たまにしか走らず、距離も短かったのだが、娘たちにそんなの運動とは言えないと指摘された。そこで、彼女たちにいいところを見せようと、近くの公園を何周も走りはじめた。

一周は――グーグルアースで慎重に計算したところ――五分の二マイルだったので、毎日四、五マイルは走ろうと距離を増やしていった。これはケイトと出会った後のことで、オンコールのない週末は彼女が住むオックスフォードで過ごしていた。周囲の田園地帯は、ランニングを楽しむには絶好の環境で、週末のランニングの距離は長い年月をかけて徐々に伸びていった。

クライスト・チャーチ・メドウを一周し、チャーウェル川とキングス・ミルの小川に挟まれたメソポタミアと呼ばれる小道を抜けてユニバーシティ・パークを一周する五マイルの短いランニングコースの他に、テムズ川に沿ってポート・メドウ周辺を走る一〇マイルのコースと、ウートンとカムナーの村落を通る一七マイルのコースがあり、後者ではワイサムの森を囲む七フィートもあるシカよけフェンスをよじのぼって越えなければならない（ただし、現在は登攀不可な新しいフェンスが設置されている）。こうしたコースを走った後、私は森を走り抜け、テムズ川の方へ向かい街の中心地に戻ったものだ。また、テムズ川から曳舟道に沿ってイフリーに向かうランニングコースがある。イフリーの教会は完璧なノルマン様式建築で、南扉の近くの犬の歯のようなアーチには異教のケンタウルスが彫れている。何年も前になるが、そこからさらにサンドフォードやアビントンへ向かう往復二〇マイルのコースを一、二回走ったことがある。夏には、オニナベナ、チコリー、アオイ科の植物、サワギク、そしてかわいらしいが侵略的な外来種のインディアン・バルサムなど野生の草花が道端に咲いている。進行がんと診断された二日後の夕方、徐々に暗くなるテムズ川の曳舟道に沿って長いこと歩いた。歩いていると下腹部に腫瘍の不快な圧迫が感じられ、自らの臆病さを冷静さと勘違いして、これは我慢すべきささいな問題だと片づけてしまうことはもはやできなかった。出かけたときは絶望しとことん惨めな気分だったが、暗闇の中を帰宅したときには、驚くほど気持ちは穏やかで、何が起ころうと観念して受け入れるつもりになっていた。

ランニングだけでなく、同じようにがんばってやってきた腕立て伏せやウエイトリフティングが、いったいどの時点で苦痛になり、気力を奮い立たせないとできなくなったのか覚えていないが、七〇歳に近づくにつれて、運動をサボるために言い訳することが確実に増えてきていた。数カ月間ランニングの中断を余儀なくされたこともある。原因は、ハムストリングの断裂、ハムストリング近位部の腱炎、膝の外側靱帯の痛みなどだった。毎回私はそれぞれの症状をインターネットで調べ、整形外科医の同僚に助言を求めることはしなかった。いつの場合も回復して調子は戻ったが、もう走ることを楽しめなくなっていた。ランニングはつづけたが、その理由は、復調した後少しの間はとても気分がよかったのと、私が老齢、がん、認知症、そして死を食い止めていると安心してもいたからだ。しかし、バスルームの鏡に映った自分は、老いてたるんだ尻、ゆがんだ首、しわだらけの肌が目立ち、『メンズ・ヘルス』誌の表紙の老人版パロディのようだと認めざるをえなかった。しばらく前、よろめくように歩いていた私の脇を弾むように走る若者たちに追い抜かされ、ランニングはあきらめた。その中に、クライスト・チャーチ・メドウでよく私を追い越していく若い女性がいた。彼女は楽々と走り、喜びに満ちたガゼルのように軽快に私を通りすぎる。私のよろよろと重い足取りとは大違いだ。互いに顔を見合わせたときには、私は残念そうにほほえみ、彼女も優しく笑い返してくれ、私たちは「おはよう」とあいさつを交わした。

とはいえ、若返りたいという願望は持っていない。かつての私がどれほど感情に流されていたか、そして、自分のことをいかに理解していなかったか、振り返ると恥じ入るばかりだ。自分にとっても他人にとっても、長い目で見て何が最善なのかと、一歩下がって考えることなどほとんど不可能だった。私は衝動的で、無神経で、思いやりに欠け、ときには恥をさらすようなこともした。こうした行動には神経科学も関係している。自制心、社会的感受性、将来の計画など、これらすべては脳の前頭葉から生じる。少なくとも、前頭葉に損傷を受けた場合、通常これらの能力は失われる。しかし、前頭葉は、軸索の絶縁のために人間の脳で最後に髄鞘が形成される部位でもある。このプロセスが完了するのは二〇代の後半なのだ。ティーンエージャーやヤングアダルトは、好きで無分別になっているのではなく、自分ではどうにもできないのだ。前頭側頭型認知症というとりわけ悲しく不快なタイプの認知症があり、患者は前頭葉の成熟にともなって生じる自制心と他者への配慮を完全に失ってしまう。私は、気候変動や核拡散について考えていて、ふと、われわれ人類は集団で前頭葉切除でもしたのか、と思うことがある。しかし、こんなふうに感じるのは、私が過去の自分をあざけることと同じようにナンセンスなのだ。今ある私は過去の創造物なのだから。それでも、世界政治や軍拡競争のことを考えると、校庭で遊ぶ子どもたちの姿が頭に浮かんでしまう。

年齢を重ねるうちに私の身に起こるようになったさまざまな問題は想定範囲内で、不自然なところは一つもない。この状況は「健康的」と言ってもいいくらいあたりまえで、肉体の衰弱と人生の終焉の前兆にすぎない。注意すべきなのは、そうした問題が今後も悪くなっていき、私がまだ知らない新たな問題も出てくることだ。若いときの私たちは、最初はエデンの園にいて、思春期の性ホルモンのせいでそこを追い出されるまで、上昇気運に乗っている。やがて、伴侶を見つけなければならない時期が来て、その相手がもたらす不幸と幸福のすべてをひっくるめて受け入れる。中年期になると、私たちは一種の安定状態にあって、仕事や家族のことで忙しい日々を送る。しかし、老年期には、(運がよければ)趣味や孫との時間を楽しみ、形而上学的な水面の上になんとか頭を出しながらも基本的には下降線をたどるのみである。私が孫のために作っているドールハウスを友人に見せて自慢したところ、その友人は興味なさそうに鼻で笑った。彼は「趣味」のことを何かつぶやいていたが、私は木工を使った物づくりにあまりにも入れ込んでいる自分が恥ずかしくなった。ただ、まだ現役で働いているとき、私の医師という仕事は、患者たちがその命でなしえたものの分だけしか価値がないのでは、と思うことがよくあった。もし私たち全員が医師になり、互いの治療にばかりかまけて何の趣味も持たなかったとしたら、世界はおそろしく退屈な場所になるだろう。

年を取ると、少なくとも原則的には、若いときとは異なる物の見方が必要になる。事態は悪くなる一方なので、狩猟採集民のピダハン族のように、今をめいっぱい楽しみ、今を生きることにもっと集中した方がいい。実際、調査の多くは、老齢になると人の幸福度が上がるという結果を示している。おそらく、年を取ると努力や競争をする必要がなくなり、どんなものであれ自分の運命を受け入れるようになるのだろう。ただし、幸せなのも、自分の身体が厄介な重荷となり私たちの生を支配し他のすべてを失わせるまでだ。しかし、目の前にある証拠——身体が疲れ果て、あるいはがんに蝕まれはじめている——にもかかわらず、生きつづけたいという願望は相変わらず強い。

局所浸潤性の前立腺がんの初期治療は、ＡＤＴである。文献では「アンドロゲン除去療法（ＡＤＴ）」ともったいぶった名前で呼ばれているが、化学的去勢の婉曲表現である。前立腺がんは、男性ホルモンであるテストステロンで成長し、テストステロンを抑制すると、通常（必ずではない）腫瘍が縮小する。診断を受けた後、いてもたってもいられず、インターネットで化学的去勢について調べた。私が医学生だったころ、前立腺がんを患う引退した開業医が講義に来て、その治療のもたらすひどい副作用について私たちに話してくれたことがあった。当時使われていた薬品はスチルベストロールで、アラン・チューリングが同性愛の罪で有罪となったときに、刑務所に収監される代わりに同性愛の「治療」と称して投与されたものと同じ強い薬だった。それが彼の自殺の引き金になった可能性はある。最近の記事によれば、中国の妻たちがこの薬をこっそり手に入れ、浮気をした夫を服従させるために使用したという。この薬は獣医師から購入できるらしい。

テストステロンの産生を阻害することにより、腫瘍はしばらく退縮するが、治療をつづけなければ、いずれ必ず再発する。この効果は一九四〇年代、アメリカの研究者チャールズ・ハギンズによって発見され、ハギンズはこの功績によりノーベル賞を受賞している。前立腺と精巣の関係については、すでに一八世紀後半には解剖学者ジョン・ハンターが指摘しており、彼は去勢した犬の前立腺が縮小することを確認した。前立腺がんの治療には、当初、不可逆的な外科的去勢手術が用いられていた。何年も前に一般外科で働いていたとき、陰嚢が空になるのを嫌った男性患者にピンポン球のようなプロテーゼが挿入されるのを見たことを覚えている。現在、去勢は化学的に実現される。このために、テストステロンの脳内での産生制御または体内のテストステロン受容体に作用するさまざまな薬物を使用し、この効果は原則的に可逆的である。

体内におけるすべてのホルモン産生と同様、テストステロンの制御に関して脳が指揮するチェック&バランスの複雑なシステムが存在する。精巣（そして割合はずっと少ないが副腎）からのテストステロンは血液中を循環し、血液脳関門を通過して、視床下部と呼ばれる脳の部位の受容体と結合する。これに対して、視床下部は黄体形成ホルモン放出ホルモン（LHRH）というホルモンを産生し、これが下垂体に作用し、下垂体はこれに反応して黄体形成ホルモンを産生し、この結果精巣はテストステロンを産生する。進行性前立腺がんの治療で現在主流になっているのは、LHRH「アゴニスト」である。これはLHRHの活動を真似たもので、視床下部のLHRH受容体の「ダウンレギュレーション（下方制御）」を生じさせる。脳はLHRHが十分にあると考えると、その産生を止める。しかし実際には、LHRHではなく人工の化学物質で満たされておりその化学物質は下垂体を刺激しないので、黄体形成ホルモンは産出されない。結果として、精巣はテストステロンの産生を中止する。

化学的去勢は前立腺がんを小さくする。腫瘍の成長のために必要なテストステロンが欠乏するからだ。去勢後、腫瘍細胞の細胞質（細胞を満たしている液体）を顕微鏡で観察した病理学者によると、細胞質は「泡状」になり、DNAを含む細胞核は、縮小するか「核濃縮」の状態になる。しかし、がんは死んだわけではなく、それが再び大きくなるのは時間の問題である。がんは生き物だが、その構成細胞はそれぞれ微妙に異なり、互いに競合している。ダーウィン的進化の過程で、テストステロンを必要とする細胞は衰えていく。テストステロンを必要としない細胞が繁栄し優位に立つと、患者は「去勢抵抗性前立腺がん」を発症した状態になり、PSA値が再び上昇しはじめればその証明になる。その場合、化学療法による治療がはじまる。化学療法では、がん細胞を飢餓状態にするのとは逆に、がん細胞に毒を盛る。ただし、化学療法に耐性を持つ細胞が再び優勢になりはじめるため、これは一時的に腫瘍の進行を遅らせるだけの治療である。こうなるといよいよ終盤だ。遅かれ早かれ、がんは全身に転移し、患者を殺す。そして、局所的な混乱を生じさせることもある。このプロセスにどれだけの時間がかかるかは、腫瘍が生息する複雑な生化学的環境にも左右される。体内のある部分は増殖を助け、別の部分では助けない。この事実は、一部のがん――たとえば、乳がんや肺がん――が、脳や肝臓に転移しやすい傾向がある一方で、私のがんのように骨に転移しやすいがんがある理由を説明する。

もちろん、前立腺がんが老人に多い病気であることを考えれば、患者はがんではなく他の病気で先に死ぬかもしれない。このため、前立腺がんの死亡率の推定はかなりの難問である。患者は病気を持ったまま死んだのか、あるいは病気が原因で死んだのか？　がん専門病院でわずかしか情報をもらえなかったこともあり、インターネット上の専門文献を読んで、私のPSA値の高さと腫瘍の悪性度を考慮すると、今後五年以内に生化学的に再発するリスクは七五パーセントであると判断するまでにかなり時間がかかった。これが平均余命という観点から何を意味するかはわからないが、私は、この病気を除けば健康で体力もあり、今後数年のうちに他の病気で死ぬことはなさそうなので、前立腺がんが私の最後の病気になる可能性が高い。ときには、未来に対するこうした洞察力と、それがもたらす集中力を持っていることは幸運だと思うことがある。とはいえ、たびたびそう思うわけではない。

前立腺がんのために化学的去勢を行って一年後、私はますます運動に嫌気がさしていた。運動すると思うとぞっとし、いつも先延ばしにする言い訳を探していた。こんなふうになった理由が、テストステロン不足のために意志力もしくは筋力（またはその両方）が弱まったことにあるかどうかはわからない。運動を楽しむ気持ちはますますしぼんでいたが、運動した後の弛緩したような気分と、頭が冴え渡る感覚は以前と変わらなかった。この感覚に加えて、老齢に対する恐怖と嫌悪、そしてホルモン療法の影響が私に運動をつづけさせた。私が闘っている相手はがんではなく、自分自身と治療の副作用である。運動後の幸福感は、脳内のエンドカンナビノイド・システム、つまりマリファナ類似の神経伝達物質と酵素のシステムに起因するとされている。脳に関する他の多くのことと同じく、このシステムも完全には解明されていない。調査によると、この感覚は、少なくとも毎日二〇分間定期的に運動している人にだけ訪れるということがわかっている。ランニングにはまっている人たちは「ランナーズ・ハイ」について話すが、私はランニング中にそれらしい経験をしたことはほぼ皆無だ。ランナーズ・ハイは、三時間から四時間以上連続して運動をした場合にのみ経験するもので、脳内でのエンドルフィン（アヘン剤に類似した作用を持つ化学物質）放出に関係していると言われている。しかし、この神経科学上の根拠はいまだ希薄である。ひょっとしたら、それほど長い時間ランニングすると苦痛になってエンドルフィンが放出されるということかもしれない。はっきりしていることは、運動はきついが、がんばった後の快感は格別であるということだ。私が朝ベッドから起き出すのが日に日につらくなっていることと同じように、現在がどれほど私たちに重くのしかかり、たとえ将来はるかに大きな見返りがあっても現在の快適さを犠牲にすることがどうしてこれほど難儀なのかと不思議に思う。

12

私は死にたくない。そもそも死にたい人などそうはいない。だが、言うまでもなく、老いてよぼよぼになるのもいやだ。かつて、人の命にはかなり明確なタイムリミットがあり、七〇代で死ぬのは「自然」なことだと考えられていた。しかし、現代において、老化を阻止し逆転させようとする試みは本格的な科学となり、誇大妄想とはみなされなくなっている。私たちは自然の一部であり、生活の一部になっている各種テクノロジーを含め、私たちのすることはすべて、セックスや樹木と同じくらい自然なものなのだ。人間の寿命を延ばそうとする試みが理にかなっているかどうかは別として、その試みが自然に反するとは言えない。私には、人間の寿命を延ばすという考えがおぞましいものに思えるが、それが私の偏見であることは否定できないし、その背後にある科学を理解するためにはその偏見をいったん棚上げするべきだと思っている。

生物によってその寿命には大きな違いがある。たとえば、数時間しか生きられない昆虫もいれば、何百年も生きるグリーンランドシャークやホッキョククジラもいる。ガラパゴスゾウガメのように、年を取ってもほとんど老化の兆候が見られない例もある。私たちが年を取る理由については諸説あるが、一九七三年にセオドシアス・ドブザンスキーが発表した論文の中の「生物学においては、進化的観点がなければ何も意味をなさない」という言葉に従えば、すべては進化と自然選択に照らして説明されなければならない。

加齢に関する主要な理論の一つは「拮抗的多面発現説」で、簡単に言えば、進化上の怠慢である。現在では、同じ遺伝子でも、環境によって異なる結果、すなわち多面発現性を持つと考えられるようになっている。若いときに繁殖成功率を高める遺伝子は、その後の人生に悪影響を及ぼす可能性がある。しかし、この遺伝子は、生物の一生の後期に細胞の衰退をもたらすにもかかわらず、広がっていく。自然選択による進化は一種のメカニズムにすぎないが、私は、誤った推論だとわかってはいても、そこに目的や意図を感じてしまう。自然選択は、老齢期の苦しみを顧慮せず、私は見捨てられたのだと。

ただ、この説にも例外があって魚類はその一つだ。そして、私たちは他の霊長類よりもずっと長く生きるので、人間もある程度まで例外に含まれる。女性は、再生産年齢をはるかに超えて生きる。人間におけるこの現象に対するもっとも妥当と思われる説明は、いわゆる「おばあさん仮説」である。祖母が次世代の子育てに関与する点で、人間はユニークであるように見える（ただし、クジラもこの例外に該当するというエビデンスがある）。そして、これが、他の霊長類と比べて私たちの寿命が長いことの説明になるとされている。祖母の存在により娘はより多くの赤ん坊を産むことができるようになるので、祖母の寿命を延ばす遺伝子は、それ以外の遺伝子よりも比較的成功率が高い。

繁殖は、単に子どもを産むことだけではなく、子どもの世話をし、私たちの子や孫が無事に再生可能年齢に達するよう最善を尽くすことにも関係する。私たちが危険や死の可能性を避けるように注意を払わなければ、子どもたちも遺伝子も生き残ることができない。しかし、老年期を迎えた今、私は、若いときに私の遺伝子を成功に導いた死の恐怖と同じ恐怖を押しつけられている。しかし、私が抱く死の恐怖は、もはや進化上の意味を失っている。そもそも私は死後の世界を信じていないので、存在しないものを恐れることはない。私が今感じている死の恐怖は、死に向かっていることの恐怖であり、この感情の根底には、死そのもの、無の世界、未来がないことに対する深く不合理な恐怖があるのではないかと思う。現在の時間の大半は、未来――そこに不安と幸福のいずれの予感を抱いているかはともかく――を考えることに費やされているため、現在しか残されておらず、未来が来ることがないというのは怖い話だ。

未来がないという恐怖に駆られ延命を目指す自称トランスヒューマニストの人々は、寿命の遺伝的基板を「死は克服できる」という大いなる楽観主義の根拠としている。彼らの主張によると、死はもはや避けられないものではない。サンショウウオが切断された手足を新たに生やし、トカゲが新しい尾を生やせるように、テクノロジーが進歩すれば、私たち人間も永遠に自己再生できるはずだし、私たちの寿命を決定する遺伝子をハッキングして、遺伝子が制御する細胞プロセスを改変すれば死を食い止められると彼らは言う。年を取り、不安を抱えた億万長者たちは、老化と死に関する研究に資金を提供する。彼らは、人生においてもっとも重要なのは長生きすることだというおかしな信念に取り憑かれ、死を回避したいと熱望しているのである。

自分が何兆という細胞（そして、私たちにとって必要不可欠な、腸内に棲みつくさらに膨大な数の細菌）からできていると言われてもすんなり納得することはできない。これらの細胞はすべて最初の細胞の子孫である。最初の細胞は、世代が進むたびに、肝細胞、皮膚細胞、脳細胞など、少なくとも二〇〇種類以上の細胞へと分化していく。それぞれの細胞には一人の人間の全身を形成するDNAが含まれているが、成長の初期段階に、各細胞は特定の役割に適した遺伝子セットのみを発現するようにプログラムされる。自然選択によって作られるのは私たちの体だけではなく、それぞれの何兆個という細胞すべてである。各細胞は、生きて繁殖するだけでなく、共存する他のすべての細胞と競うことなく協力するように作られている。それぞれの細胞が自身よりも大きな全体の一部でありつづけるために、多くの複雑なメカニズムによって抑制される。失敗とは、もちろんがんのことで、ある種ひねくれた意味で、生きる力の破滅的な表現である。

ノーベル賞を受賞した幹細胞生物学者の山中伸弥は、分化したほとんどすべての細胞は、人工多能性幹細胞（iPS細胞）と呼ばれる細胞へとリプログラミングできることを証明した。これらの細胞は、山中が用いた、分化された細胞のもととなった最初の幹細胞によく似ている。寿命延長の信奉者は、山中の技術を不老不死への道と見ている。この技術を用いたこれまでのマウスの研究では、マウスの寿命が延びる代わりに、テラトーマ（奇形腫）と呼ばれる腫瘍ができる傾向があるが、この種の研究はまだはじまったばかりである。こうした問題は克服が可能だと示唆する最近の報告もある。テラトーマは人間、とくに子どもに、場合によっては脳に自然発生することもある。以前、私が子どもの脳から摘出したテラトーマに胸郭の小さな破片が混じっていたことがあった。一〇代の少女の卵巣から小さな脳と頭蓋骨が見つかったという報告もある。時として自然はとんでもない間違いを犯す。しかし、これほど複雑な状態から、たいていの場合、安定した繁殖可能な生命体が生まれるというのは奇跡にも思える。

がんは、ほぼすべての細胞、ほぼすべての複雑な生物に発生する可能性がある。がんは老人に多い病気で、修復されないDNAのランダムな変異が蓄積することにより引き起こされる。しかし、疫学者のリチャード・ピートが初めて指摘し、ピートのパラドックスと呼ばれるようになった興味深い事実がある。それは、クジラのような大型で長命な動物でも、短命な小動物よりもがんになる率は高くないという研究結果である。マウスの細胞に比べてクジラの細胞の方がサイズが大きいということはないので、クジラはマウスよりも何百万個も細胞数が多い。それにもかかわらず、クジラは小型の動物に比べてがんになる率が高いかと言えばそんなことはないのである。実際、大型の動物の方ががんになる率は低い。ピートのパラドックスを説明しようとさまざまな説が提唱された。寿命延長の信奉者は、少なくともがんに関しては、寿命を決定づける要因は存在しないというエビデンスとしてこのパラドックスをとらえている。だが問題は、がんを抑制するメカニズムが、何らかの形で老化と密接に関連しているように見えることだ。私たちが若くて繁殖に忙しくしているときにがんを回避するために、老化は支払わなければならない代償であるかのように。

長い人生は、すなわちよりよい人生なのだろうか？ トランスヒューマニストによれば、控えめに見積もっても、私たち人間はすぐに一五〇歳まで生きられるようになるそうだ（熱狂的な信奉者は一〇〇〇歳まで生きると言う）。私は、寿命を延ばしたいという願望にはほとんど共感できない。この気持ちは、私たちがこの惑星を破壊することに忙しい中で火星を植民地化するという計画におよそ共感できないのと同じだ。寿命延長の研究に投入されている莫大な資金は他で使えばもっと有益だろう。母指対立性〔親指と他の指の指先をつける動作〕を持ち言語を使う二足歩行の類人猿が地球上で進化するまで、宇宙は完全に幸福だった。今では、私たちの銀河系には何十億という星があることがわかっている。また、天の川の向こうには何十億という銀河があることもわかっている。それぞれの銀河に無数の星があり、そのほとんどにはおそらく惑星がある。だとすると、知的生命体が私たちの惑星にしかいないという可能性はむしろ低いはずだ。科学の歴史は、その大部分が人間の例外主義への反論の歴史である。地球は宇宙の中心ではなく、人間は動物である。偉大な動物学者J・Z・ヤングが言ったように、私たち人間は堕ちた天使ではなく、立ち上がった類人猿である。それにしても、知性の何がそれほどすばらしいというのだろう？ 宇宙を植民地化し、地球の境界を越えて私たちの知性を発揮したいという願いは、広がり、繁殖したいという人間の根深い欲求であり、すべての生物に共通するものでもある。そして、私たちは、他の多くの生命体を犠牲にして、この欲求を首尾よく叶え成功を手にしてきた。

しかし、この成功によって、私たちの多くが自分を他の生命体よりも重要だと思うようになってしまった。私たちの知性によいところがあるとすれば、それは、私たち自身だけでなく、形を問わずすべての生命を愛し、敬う能力を与えてくれることだ。私は人類が滅亡するという話をあまり気にしていない。いずれにしても、長期的には避けられないことでもある。哲学者デイヴィッド・ヒュームが死の床で話したように、自分が死んだらもう存在しなくなるという考えは、彼にとって、生まれる前に自分は存在しなかったという考えと同じく、まったく気にならないことなのだ。しかし、私は人類の衰退と終焉が引き起こすであろう苦悩が恐ろしいし、私の孫娘たちやその子孫を思い、気候変動やそれがもたらす幾多の問題のことを考える。

ほとんどの宇宙論者は、宇宙はいずれ終わると考えているが、それは想像を超えたはるか先のことである。彼らの中には、ボルツマン脳というなんとも釈然としない概念を思いついた者もいる。一九世紀後半にルートヴィッヒ・ボルツマンが発見した熱力学の第二法則は、熱力学——物質、エネルギー、熱について研究する学問——を統計的確率の観点から説明している。私が座っている部屋の中を不規則に飛び回っている何兆個というガス原子が突然窓の外に出て行き、私が空気を求めてゼーゼーあえぐことはありえないという法則はない。ただ、その可能性は著しく低い。宇宙がきわめて起こりにくくランダムなある種の「ゆらぎ」（どんな種類か、とは聞かないでほしい）として誕生したとすれば、天の川のような、より単純な構造が誕生する可能性はもっと高いはずだ。太陽系となればさらに可能性が上がり、だとすると、何十億もの粒子が突然集結して脳を形成することもないとは言えない。つまり、もしかすると私はボルツマン脳であり、私が現実の世界だと思っているものは、ランダムに自己組織化された物質の粒子により形成された、私の脳内の電気化学的インパルスのパターンにすぎないのかもしれない。ある意味、ボルツマン脳の可能性を信じるかどうかにかかわらず、そういうものなのだ。

しかし、私のような懐疑的な人間からすると、寿命を延ばすことには問題があるように思える。確かに、寿命が延びれば（少なくともマウスや虫に関しては）長く生きるだけでなく健康寿命も延びるという十分なエビデンスがある。老化は特別なメカニズムをもった病気であり、私たちの体が衰えることについて神が定めたものはない。関節炎、白内障、黄斑変性、がん、骨粗しょう症、そして脳画像に映った脳の萎縮など、老化によるいかなる苦難も軽減してくれるかもしれないテクノロジーをどうして拒否できるだろう？　それでも私は、老人たちがどれほど元気で健康的であっても、どんどん老人が増えていく世界を想像するとぞっとする。もちろんこの状況はすでに起こっている。女性解放、避妊、公衆衛生、ワクチン接種、乳幼児死亡率の低下などがもたらした出生率の低下という大規模な人口転換がはじまっているからだ。しかし、近いうちに人類が――おそらくは一握りの裕福な人たちだけだろうが――一五〇歳まで生きるようになったとしても、余分に何年も生きただけで、最後の苦しみは軽減されるのだろうか？　なんとか死を先延ばしにできたとして、だからといって私たちの人生はより意味のあるものになるのだろうか？　それに、未来は本来若者のものであるべきなのに、老人のものになるのだろうか？

多面発現遺伝子が環境によって異なる働きをするように、一つの遺伝子によって決定づけられる生物の特性は、（あるとしても）ほとんどない。人の遺伝子はわずか二万個しかないという衝撃的な発見がなされた後、遺伝子は非常に複雑な方法で連携しており、たとえば目の色、身長、知能は、多遺伝子により決定されるということがわかってきた。統合失調症には何百もの遺伝子が関与している。一つの遺伝子をＣＲＩＳＰＲ〔Clustered Regularly Interspaced Short Palindromic Repeats の略。クラスター化され、規則的に間隔が空いた回文構造の繰り返しを意味する〕のような新しい遺伝子編集技術を使って変更すると、その下流で予測不可能で望ましくないあらゆる種類の影響が出る可能性がある。食用作物の遺伝子組み換えもこうした編集技術の一つで、気候変動や環境の悪化と闘うための重要なツールである。ただ、特定の珍しい単一遺伝子疾患のために人のゲノムを改変することは、正常な遺伝子を編集し、編集後の遺伝子が作り出す身体の改善を期待することとは別の話である。老いを食い止めるためのシンプルな遺伝子ハッキングが可能とは考えにくい。たとえそれができたとしても、さまざまな副作用が出るリスクが高く、がんはその一つにすぎないし、私のホルモン療法でも、嫌というほど多くの副作用が出た。あるいは、私たちは何百年も生きるようになるかもしれないが、それが実現するまでのスピードは亀並みに遅いだろう。

食餌制限は、マウスや他の小型げっ歯類、および哺乳類以外の生物の生存期間と健康寿命を有意に延ばすことが明らかになっている。しかし、厳しいカロリー制限を課す生活はむしろ生きる喜びを減少させるかもしれないという事実は別としても、マウスで成功したことが人ではたびたび失敗するという問題が残っている。つまるところ、私たち人間は大きなマウスではないのだ。それに、このような実験の対象を人体にまで拡大する場合、幾多の倫理的問題を引き起こし、それは乗り越えられないハードルになるかもしれない。

しかし、研究はつづいていく。不安を抱えた高齢の億万長者が、地球上の生命を次々と破壊しながら、利己的で享楽的な欲に駆られて資金をつぎ込むのだ。未来を予測することはできないが、老化の遺伝的性質がとんでもなく複雑で、寿命を延ばすことがベンチャーキャピタリストの夢にすぎないと証明されるか、あるいは少なくともそれがずっとずっと先の未来であることを私は願う。私が生きてその未来を目にすることは絶対にない。研究者が何を発見するのかは想像もできないが、彼らがついに成功したとしても、長く生きることが億万長者の人生をより意義深いものにするのか、あるいは彼らの死がよりよいものになるのか、私はかなり懐疑的である。

13

私の生検は日帰り入院で全身麻酔のもと行われた。スタッフはこれ以上ないほど親切だった。外科日帰り入院病棟の入り口で、私が外科医であることを知らないフレンドリーな看護師が私の名を呼び歓待してくれた。最初から最後まで、すべての段取りが完璧に整えられていた。私が受付をしてから、服を脱ぎ、ガウンと露出が多めの使い捨てパンツを身にまとい、麻酔医と外科医に会い、最後に廊下を歩いて手術室へ行くまでの全工程だ。

私は全身麻酔を楽しんだ。不安は感じず、奇跡のようだった。照明が消えるみたいに突然意識を失い、やがて鎮痛剤の心地よい霧の中を戻ってくる。

「痛みはありませんか?」。私が意識の表面へと浮き上がったとき、回復時のケアを担当する看護師がそう私に尋ねたのを覚えている。「一から一〇までのレベルで、今のあなたの痛みはいくつですか?」

大げさに言ったほうがいいと思い、「九」と答えた。こうした状況では誰でもそうすべきなのだ。そんなわけで私はフェンタニルを投与され、看護師が私の尿道カテーテルを抜くときにも軽い不快感を覚えただけだった。あのときの看護師の名前は忘れてしまったが、ナイジェリア出身で、ウェストミンスター大学で経営学を勉強していると話していた。

全身麻酔薬（大部分は脂溶性である）の初期の研究者は、オタマジャクシとオリーブオイルを使った研究に基づき、全身麻酔薬は脳内のすべての神経細胞膜に干渉することによって作用すると考えたが、この説は、現在では否定されている。遺伝子改変マウスを使った最近の研究で、全身麻酔は興奮性のシナプスの伝達を抑制し、抑制性シナプスの伝達を増強することが明らかにされた。全身麻酔薬は、神経伝達物質により制御される細胞膜の「イオンゲート」に作用して神経細胞の伝達を抑制する。イオンゲートは、イオン（電荷を持った粒子）を神経細胞に送り込んだり、神経細胞から取り出したりすることで神経細胞の電気状態をコントロールしている。これに関連する分子機構は徐々に解明されてきている。しかし、多くの神経科学的研究と同様、全体がどのように組み合わさっているのかはまだよくわかっていない。しかし、全身麻酔薬は、無差別にすべての神経細胞を標的にするのではなく、中枢神経系の特定部位を標的にするようだ。

全身麻酔には、意識の喪失だけではなく、他の多くの要素が含まれる。麻酔薬の量によっては、身体の不動状態、記憶喪失、興奮や動揺、筋弛緩、呼吸麻痺などが起こることがある。私が医学生だったとき、ガラスの箱に入れられた不運なネコへの実験を見た。そのネコは（たぶん亜酸化窒素を使って）麻酔をかけられた。そして、無痛、興奮、手術、呼吸停止という、教科書に書かれたとおり四つの段階を経て、実験の最後にネコは死んだ。人間の患者の場合とは異なり、このネコに人工呼吸器は使用されなかった。私はこの実験を強い関心と落胆の入り混じった気持ちで見た。全身麻酔の原理を教える方法として、講義や本から学ぶよりもこのやり方が効果的なのかどうかわからなかったし、ネコがかわいそうだった。

現在では、麻酔により生じるそれぞれの効果は全身麻酔薬が中枢神経系のさまざまな部分に作用した結果であり、単一の基幹スイッチがオフにされるからではないと考えられている。

麻酔の身体的影響――麻痺、記憶喪失、興奮など――を概念化するのはむずかしくないが、「意識」という大いなる謎は残る。意識はどこから、どのように生じるのだろうか？　多くの研究がなされ論文が書かれているが、実際のところは何も解明されていないも同然である。よくよく考えてみると、これはかなり異常な事態である。私たちは、生きていることのもっとも重要な側面についておよそ理解していないのだから。

内省を深めたところで意識についてわかることはほとんどない。自分自身の意識を調べることはヘビが自らを飲み込むようなものだ。あるいは心理学の「父」ウィリアム・ジェームズが書いているように、暗闇を調べるために明かりをつけるようなものだ。しかし、意識は神経細胞の活動により生み出されるという説明を受け入れたなら、何か驚くべきことが進行しているとすぐに気づくだろう。神経細胞間で情報を伝える電気インパルスは、時間をかけて細胞から細胞へと脳内を移動するが、それでも、目が覚めて意識を取り戻すとき、私たちは強烈な一体感と「現在性」の感覚を経験する。ウィリアム・ジェームズは、「意識の流れ」について語った。私たちの視覚が、次々と画像を切り替えて動きの錯覚を作り出す一連の静止写真だと考えるのは簡単だが、このメタファーは、音のことを考えたとたんに破綻する。静止写真のようなわかりやすいたとえはあるのだろうか？　私たちの意識的な経験は、神経細胞の電気化学的ダンスから構築されており、この実現には時間と場所を要する。確かに、数ミリ秒とか数ミリメートルの話ではあるが、私たちが感じている直接的で唯一の現在は、明らかに幻想である。

神経細胞が場所と時間を超えて作用すると考えれば、科学実験が示した奇妙な結果にも納得できるかもしれない。ごく初期に行われたもっとも有名な実験は、一九八〇年代、アメリカでベンジャミン・リベットが行ったものである。彼の実験は、手を動かすという意識的決定よりも、脳の手領域の電気的活性化の方が数ミリ秒先行していることを明らかにした（その後この実験結果は何度も確認されている）。この事実は、頭皮に装着された電極が脳の表面の電流を記録することによりわかる。手を動かすという決断は大脳の活動では些細で重要性の低い部分だと主張する人もいるが、考えてみれば、どんな「意識的」決定もどこかから生じるのであり、何もないところから生まれるはずはない。ただし、あなたが「二元論者」で、デカルトのように物質とは異なるものとして人間の精神や自己を信じている場合はこのかぎりではない。リベットの実験は、すでにもて余すほど大量にあった「自由意志」に関する文献をさらに増やすことになった。自由意志は、カトリックの神学者が、善なる神の存在にもかかわらず、いかにして悪がこの世に生まれるかを説明するために用いた概念である。つまり、神は全能であるが、人間自身の落ち度によって悪いことが起こるのである。

暴力的犯罪による服役者は、きわめて高い割合で頭部に障害を負った過去があるか幼少時に虐待された経験があり、その両方にあてはまる者もいることが、複数の研究により明らかになっている。仕事柄、私は脳に物理的な損傷を負った患者を診ることが多いが、典型的なのは、事故の外傷による前頭葉の損傷だった。この結果性格が変わることは珍しくなく、ほとんどの場合悪い方に変化する。たいてい患者自身は性格の変化に気づかないが、家族にとっては非常につらい状況になる。このような経験をすると、思考や感情、そして意識そのものが脳内の物理的過程によって生成されたものではないとは考えにくくなる。自由意志は管理社会にとって法的に必要なものかもしれないが、それは錯覚である。私たちの意志決定は過去が決める。数日前、マンドリンスライサーでしたたかに切った私の小指の痛みが指にあると錯覚するのと同じで、その痛みは実のところ私の脳の神経インパルスの複雑なパターンなのである。しかし、だからといって痛みが痛くないとか、難しい決断が難しくないとかいう意味ではない。言いたいのは、私たちが脳の仕組みを理解していないということだ。

ただ、現在では、無意識と意識の関係について、単なる哲学的もしくは精神分析的な推測とは対照的に、ある程度の科学的理解が得られている。しかし、多くの科学の場合と同様、一つの質問に答えると、さらなる扉がある部屋への扉を開けるだけに終わる。

科学の進歩の歴史は、新技術や新しいアイデアとそれらへの抵抗との間で繰り広げられる複雑なダンスだ。それは必ずしも段階的な進歩の歴史ではなかった。一七世紀のいわゆる科学革命は、一七世紀初頭にオランダで発明された望遠鏡や顕微鏡と深い関係がある。ありとあらゆるものが人間の視覚の範疇を超えて存在すること、すなわち、私たちの日常的で常識的な世界観は不完全であることが初めてわかった。ただ、拡大レンズはすでに古代ローマ人に使われていた。一七世紀にアントニ・ファン・レーウェンフックがバクテリアを発見したが、それが再評価されるまでに二〇〇年かかった。また、パラケルススが一六世紀にエーテルを使ってニワトリに麻酔をかけていたが、それが人に使われ、医学を一変させるまでには三〇〇年待たなければならなかった。

かつての実験心理学では、意識と脳の内部構造を「ブラックボックス」とみなす以外に選択肢はほぼなかった。インプットとアウトプット、つまり刺激と行動反応だけが、客観的な科学研究の対象として適しているとされた。テクノロジーがこの状況を劇的に変化させ、現在、私たちは実際にブラックボックスの中を覗き込み、脳の内部構造をいくらか理解できるようになっている。しかし、これはあくまでも限定された見え方であり、脳波記録は何十億という神経細胞の活動の要約で、しかもその対象は脳の表面だけである。MRIとfMRI（機能的MRI）の時間分解能や空間分解能にも限界がある。大脳皮質の一立方ミリメートルには、最大一〇万個の神経細胞と一〇億個の結合部が含まれ、これらはミリ秒単位で作動するが、fMRIの時間分解能は三秒から四秒である。もっとも高性能なMRIスキャナの空間分解能は一ミリメートル弱で、fMRIは数倍精度が低い。

電極は、脳内だけでなく脳の個々の細胞にも埋め込むことができる。この方法は脳波検査（EEG）よりも圧倒的に正確だが、明らかな倫理的理由からこのような研究は限定的にのみ行われる。それに、私たちの脳にはおよそ八六〇億個の神経細胞があることを忘れないでほしい。これらは驚異的なテクノロジーだが、今のところ、夜の星空を倍率の低い安物の双眼鏡で眺めるようなレベルである。つまり、現在のテクノロジーができることは非常にかぎられている。未来のテクノロジーがこの状況を変えるかどうかは誰にもわからない。

認知科学者が「マスキング」と呼ぶ奇妙な実験的手法がある。これは、意識の研究のためにきわめて有用なツールであることが証明されている。画像がコンピューター画面に数ミリ秒表示されれば、私たちはそれを難なく見ることができる。しかし、無関係な二番目の画像――「マスク」――がオリジナル画像の直後に表示された場合、最初の画像は脳のどこかに残っているはずだが、最初の画像を意識的に見ることはない。

これは一見すごいことに思える。ある出来事の後に起こった何かが、どうやって前の出来事を私たちの意識から消し去るのだろう。しかし、私たちが考え、感じるすべては、神経細胞の活動により生み出され、神経細胞が互いにコミュニケーションをとるには時間がかかるという事実を受け入れれば、この矛盾しているように思える事象はとくに驚くべきものではないと気づく。実際、研究によると、私たちの意識的知覚は、最初の刺激から約三分の一秒遅れる。それはまるで、意識的な自己が、無意識下で進行していることの概要書を提供する取材記者的な役割を果たしているような状況である。

「マスク」はこの取材記者の仕事を邪魔して、その結果オリジナルの画像が無意識のままになる。マスキング技法とテクノロジーを使えば、画像が意識的知覚の内外を移動しながらも、無意識のレベルで脳内に存在していると示すことができる。しかも、それは視覚的な画像にかぎられず、感情的な反応も（扁桃体の中で）それを自覚している意識なく存在できる。EEGを使用すると、無意識の知覚や感情はすばやく消えるが、その知覚が意識化されると、脳全体へと急速に広がる。視覚イメージは、まず視覚野の無意識レベルで脳に記録される。それが意識化されると、最初の無意識の電気的活動は脳内で急速かつ広範囲に伝わる。それは、時間的には三〇〇ミリ秒以上のスピードで、空間的には、とくに視覚野を越えて前頭葉や頭頂葉まで広がる。したがって、意識は、最初の無意識の刺激により、大脳皮質の広い領域が電気的に活性化されることだとみなされる。研究者は、さまざまなメタファーを使って、知覚が意識化されたときに何が起こるかを説明した。雪崩、相移転、津波、量子力学における波動関数の崩壊に類似したプロセス、急速な上昇など。この分野の研究における第一人者であるスタニスラス・ドゥアンヌによれば、意識的自己は、何千人もの従業員を抱える大企業の最高責任者のようなものだという。

これほどメタファーが多様なのは、意識と無意識の性質が多くの問題をはらんでいることの証しであろう。意識と無意識は別々の存在ではなく、全体の一部なのである。物理学者が物質に対して実験を行うのと同じように、いずれ脳に対して実験を行う日が来るかと言えば、それはかなり疑わしい。物質の場合、実験後にそれをモデル化して数学的に説明するというプロセスを踏むが、脳を分解してさまざまな部分をテストしまた元に戻すことなどできないからだ。

意識体験がどのように物理的物質から生じるのかという難問には二つの見方がある。一つは、多数の（ただしすべてではない）神経科学者が支持している見解である。彼らによれば、意識とは、神経細胞が特定の構成で結合したときに表れる性質にすぎない。根底にある本質を探ろうとする試みは、かつて行われ成果が出なかった生命の本質や熱の本質――フロギストン――の探究に似ている。現在の私たちは知っていることだが、熱とは単に原子の運動であり、生命とは単に特定の分子構造の自己複製である。だとしても、このアナロジーは誤解を招く。熱とは、原子の運動、つまり運動エネルギーを測定するために私たちが用いる単語である。一方、この単語は、人の脳内におけるこのエネルギー（それ自体は神経細胞内の物理的活動の一パターンである）の認知も意味する。よって、熱などというものは存在しないという主張は事実ではない。生命に関するアナロジーは、単に定義の問題である。ウイルスを生物と呼ぶべきかどうかは悩ましい問題だ。というのも、ウイルスは、DNAやRNAをタンパク質に転写する機構を持つ細胞（ウイルス自身はこの機構を持たない）を乗っ取ることでしか自己複製ができないからである。

これを一歩進めて、意識が情報処理自体の創発特性であると考えた場合、意識はコンピューターにも生じうるということになる。受け入れがたい話ではあるが、反証することもできない。脳は物理システムでコンピューターも物理システムであり、どちらも情報を処理する。しかし、類似しているのはここまでだ。両者の構造と構成要素、その仕組みにはとてつもない違いがある。とはいえ、私たちは脳の働きについて知らないことが多すぎる。脳が、コンピューターのようにアルゴリズムとコードを使って計算しているかどうかさえ定かではない。知能という語を定義するのは難しいし、その神経学的な根拠はまったく見つかっていない。そもそも「人工知能」というフレーズが誤解を招いている。AIの「知性」は、たとえば、子どもの知能とは完全に異なる。子どもは一度ネコを見るだけで、それ以降はネコを識別できるようになるが、AIがネコを識別できるようになるにはネコの写真を何百枚も「見る」必要がある。それに、AIは人と同じように「見る」わけではない。画像のわずか数ピクセルだけが変更される、いわゆる「敵対的攻撃」にさらされた場合、人の目にはその画像は変化していないように見えるのだが、AIは絶望的な間違いを犯す。

超知能を持ったAIが近い将来何らかの形で私たちに取って代わることを、私は一切心配していないが、そのせいで多数の人々が失業する可能性は高いと思う(経済学者の多くは、新しい労力節約技術の導入では通常失業の問題は起こらず、むしろ新たな雇用が創出されると主張している)。しかし私は、同胞たる人間、とりわけ独裁的政府によってAIが悪用されることを深く憂慮している。たとえば、至るところにある監視カメラや顔認証ソフトウェアにより匿名性が失われると、巨大な権力が少数の人々の手に握られることになる。

脳とコンピューターは本質的に似ているという考え方は、コンピューターに脳をアップロードするといったサイバーパンク的なワクワクする空想を生む。そしてここから、どうしたらコンピューターに意識があるかを見分けられるのかという議論が生まれる。哲学者たちは、この問題について存分に語り、多くの文章を書いているが、私には、こうした議論の多くが単なる言葉遊びだと思えてならない。しかし、同時に、自分が哲学を理解できるほど賢くないだけのことなのかもしれないという不安もある。実際私は、学生のときに哲学を投げ出しているし、年を取った今、私の脳画像に見られる白質の高信号域によって、私の問題がさらに悪化しているのではと思っている。

意識についてのもう一つの見解は、物理的世界に対する理解が不完全であるというものだ。たとえば、数理物理学者のロジャー・ペンローズ卿がこの説を唱えている。仮に思考と感情が脳によって作られるならば、それらは物理世界の一部であり、脳は物理法則に従わなければならない。しかし、物理は意識について何も語らず、したがって不完全である。ペンローズの主張によれば、量子力学と相対性理論を結合することにいまだ成功していない理論物理学にも、あるいは、ダークマターやダークエネルギー(「ダーク」と呼ぶのは私たちがそれを理解していないからである)と格闘している宇宙論者にも同様の不完全性がある。言い換えれば、私たちが現在理解できていない、そしておそらく決して理解することのない、より深いレベルの物理現象の説明が存在する可能性がある。J・B・S・ホールデンが言ったように、宇宙は私たちが想像する以上に奇妙なものであるだけでなく、私たちが想像できる限度を超えて奇妙なものなのかもしれない。また、このような見解は、コンピューター上で脳をエミュレートするという空想とは対照的に、「より高いレベルの量子意識」に関する別種の空想につながる可能性がある。両者の空想に共通するものは、私たち人間が抱く、死への恐怖と永遠の命に対する憧れである。

意識についての二つの見解とそれに付随する理論は、「意識は主観的である」という単純な事実に阻まれ一般に受け入れられることはなかった。それは、科学的研究として取り上げるには容易なテーマではなく、そもそも不可能なのかもしれない。頭の中だけで想像する思考実験として、私は、自分の意識の研究を可能にする機械を設計しようとしたことがあるが、その実験は今のところ進展していない。

生検は術後に急性尿閉を引き起こす可能性があるため、私はこれまで生検はなるべく避けたいと思っていた。尿閉はカテーテルの挿入で簡単に対処できるが、そうなったらたいへんだ。私はこの状況をひどく恐れていたので、日帰り入院病棟に戻り、トイレで排尿できたときには本当にホッとした。

「うまくいきましたか？」。私がトイレから出ると、ナースステーションにいた正看護師がきさくに話しかけてきた。

「うん」と私は笑顔で答えた。「変な角度で出てきたけど、床はきれいに拭いておいたよ」

自宅に戻ると、私は病院の看護師長に手紙を書いて、入院の際にとてもよくしてもらったことに礼を述べた。

その日のうちに、別の放射線検査を受けた。がんがすでにリンパ節に転移しているかどうかを調べるPET CT検査だ。検査後、ケイトと隣人のセルウィンが迎えに来てくれることになっていた。彼らの到着を待っている間、フラムロードを歩いた。検査時の放射線は微量だったが、私の手首にはバイオハザードのステッカーが巻きつけられていた。兵士の戦傷章のようで少し誇らしかった。二度目のロックダウンがはじまっていたが、開いている画材屋を見つけた。この時期に店を開けている理由はわからなかったが、アイリスとロザリンドの絵はがきに使う絵筆を買った。

そしてその晩、私はホルモン療法の薬を初めて飲んだ。

やたらと落ち着かない気分になって、化学的去勢の副作用と進行性前立腺がんの生存率についてグーグルで調べはじめた。私の未来を読み解こうと、学術文献で前立腺がんによる死亡率を示すグラフや表を確認した。ただ、それは星占いで未来を知ろうとするより多少ましな程度で、書いてあるのは統計や確率だけで、「私」に何が起こるかを語ってはくれない。私は迷走していた。ある情報を読んでは恐怖におののいて自分はすぐに死ぬんだと思い込み、別の情報を読んでは、つかの間根拠のない希望に包まれる。

私は、患者に「あなたの病気についてどんどんグーグルで調べるといいでしょう、ただし、慎重に」と言いたい。そこにある情報はゾッとするものかもしれないし、すべてが正確というわけでなく、単なる確率であって確実なものではない。私はかつて患者に、あなたが知る必要があると思うことをすべてお話しするつもりです、と言った。しかし、今こうして自分にがんの診断が出てみると、患者が知るべきだと私が考えていた情報は十分ではなかったとわかった。

すべての薬品には副作用がある。去勢の副作用のリストは非常に長い。こうしたリストは実際には患者を助けるものではなく、医師や製薬会社を苦情や訴訟から守るためのものだとすぐに気づくだろう。少なくとも一部のウェブサイトは、一般的な副作用とまれな副作用を分けて明記し、安心させるように、すべての副作用に苦しむ人はいません、と書き加えている。副作用の中にはとても不愉快なものもある。たとえば、女性化乳房症は、男性の乳房が肥大する症状で、私も治療をはじめて一年後、わずかに胸が膨らみはじめた。腰回りに肉がついて体毛が薄くなるのもおそらく一般的な副作用であり、インポテンツや性欲の低下、筋肉の減少、骨粗しょう症、骨折なども同様である。リストはそこで終わらない。一年間のホルモン治療の後、私はバスルームの鏡に映る自分を見るのが嫌になった。私は宦官のようなぽっちゃりと毛のない体を手に入れ、なにやら老け顔の赤ん坊のように見える。もちろん、こういったことが気になるのは虚栄心のせいだ。

リストされた副作用の多くは、頭痛、めまい、慢性疲労、便秘、下痢など、あまり特異性のない症状である。この手のありふれた症状は、私たちが皆とても暗示にかかりやすい性質があるがゆえに問題である。これはノシーボ効果と呼ばれる。ノシーボ効果は、無害のプラシーボ効果と反対の意味を持つ。プラシーボ効果とは、人が特定の治療を受け、その直接の効果ではなく、治療により効果が期待できると言われたために、気分がよくなる現象である。ノシーボ効果では、逆の予想をするために気分が悪くなる。私が自分の脳画像を見たとき、気分が落ち込み、自分がすでに認知症になっているのではないかという思いを克服するまでにしばらく時間がかかった。そして、うつ病もリストにあった。しかし、去勢や切迫した死の可能性を前にして落ち込まない人などいるだろうか？　これは副作用なのだろうか？

テストステロンは、男性の攻撃性の原因だと一般に考えられているが、研究結果はこれを裏づけてはいない。協調性が求められる立場の男性は、テストステロンによってより協力的になり、攻撃的な状況にある男性は（とくにもともと好戦的な傾向があると）ますます攻撃的になるようだ。こうした実験はほとんどＷＥＩＲＤの心理学専攻の学生を対象としたものであるため、実際にどれほど意義のあるものか知ることは難しい。ＷＥＩＲＤは、Western（西洋の）、Educated（教育水準の高い）、Industrialised（高度に工業化された）、Rich（裕福な）、Democratic（民主的な）の頭字語で、これらに該当する国や地域を意味する。ホルモン療法の心理的・認知的影響力に関する文献では、結論が出ていない。もしかしたら私は化学的去勢で競争心が薄れたのかもしれないが、引退してからは、競争相手は過去の自分しかいなくなっている。

化学的去勢の副作用にはさまざまな治療があり、たいていの場合びっくりするほど長い名前がついている。ホットフラッシュには酢酸メゲストロールや酢酸メドロキシプロゲステロン、インポテンスにはホスホジエステラーゼ阻害薬や真空装置が用いられる。しかし、私が読んだある記事には、「性欲がないために、勃起不全の治療に対して患者が積極的にならないケースがよく見受けられる」と書かれていた。

私としては、かつての性欲や勃起がないことを残念に思っていない。実際、いろいろな意味でそれらから解放されてホッとしている。とくに、そうした衝動のせいで思春期や中年期に惨めな思いをしたり、恋愛で気持ちが不安定になったりしたこと――恋心はときに神々しく感じられるが、しばしば不条理でもある——を思い出すとなおさらだ。しかし、それが家族を持つという私の人生の最大の喜びを与えてくれたことも認めなければならない。一カ月の放射線治療のなかばに、クリニックで優しくてきさくな看護師が私をサポートしてくれ、副作用として出るかもしれない症状の長いリストを説明してくれたとき、私は「中年男性がアンドロゲン除去療法（ADT）を受けたら、世界はずっとよい場所になるだろうね」と冗談を言った。私は、浮気性の夫にスチルベストロールをこっそり与えていたという中国人の妻たちのことを思った。しかし、後になって考えると、若いころにADTを受けていたら、私が浮気をすることはなく、最初の結婚はおそらく破綻せず、だとするとその後、私の人生を変え私をよりよい人間にしてくれたケイトと出会って結婚することはなかっただろう。それに、私の最初の妻も以前よりずっと幸せになり、今私たちはまたよい友人に戻っている。つまり、こうしたすべてについて、私はテストステロンに感謝しなければならない。

インターネットで自分の病状について読むと、ひどくつらい気持ちになることがある。インターネットは多くの場合非常に有用であるが、統計値の森を導き、希望を与え、親身になってくれる医師の代わりにはならない。私は、ごくささやかな症状からはじまる多くのおそろしい病気について学んだ医学生になったばかりのころの自分を思い出した。たいていの医学生がそうであるように、私もごく短期間ではあるが、自分があらゆる種類の致命的な病気にかかっているのではないかと怯えた時期があった。しかし、すぐに、病気は患者だけに起こるもので、医師には起こらないと学んだ。

親切で頼りになる医師から与えられる希望は、ウェブページや印刷物から得られる希望とはまったく異なる。とはいえ、子どものようにただ純真に医師が自分を治してくれると期待すべきだということではない。その代わりに、医師があなたのことを気にかけ、最善を尽くしてくれるという安心感を得られる。たとえ、私の場合のように最終的にはおそらく治療が失敗に終わるとしても。私が深く尊敬する、医師で作家のギャヴィン・フランシスは、家庭医としての自分の役割を「病気の風景を案内するガイド」と表現している。NHSにおいては、この種のサポートの多くは、現在医師ではなく、専門看護師、プリントアウト、質問票により提供されている。私は三種類の「ホリスティック・ヘルスケアに関するアンケート」に記入するよう求められた。私が会った看護師は全員親切で親身になってくれる優秀な人たちだった。ただ、彼らは治療について下された決定事項には責任を負わない。だから、自分の症状について議論することはできず、彼らから得られる情報は適用例や副作用の詳細のみである。この状況は、かなり気力が削がれる。しかし、少なくとも患者から距離をとれることで腫瘍医のストレスは大幅に軽減されるに違いない。

ウェブページから希望を見出すのはとても難しく、容易にパニックや絶望に打ちのめされる。しばらくすると、私は前立腺がんについての記事を取り憑かれたように読むのを止め、残された人生をせいいっぱい生きようと心を決めた。よく言われるように、人生で確実なのは死と税金だけである。私は、自分の思考の流れをうまく管理できるようになってきた。不安の波が迫ってきていると感じたときは、自分にこう言い聞かせる。私はこれから適切な治療を受ける、人は誰しも遅かれ早かれ死ぬんだ、七〇歳を迎えた数多い私の患者と比べて私はうまくやってきた、と。そして、すぐに頭を切り替える。

気を紛らしてがんや未来のことを考えないようにすると、ランニングのときと同じ効果がある。あとどれだけ走らなければならないのかと考えると、ランニングはひどく面倒に感じられ、もうやめたくなる。しかし、何か別のこと――書きかけの文章、フェイスタイムで孫娘たちに話しているおとぎ話の次の章、製作中の家具のデザインなど――を考えるようにすると、長い距離が短く感じられる。また、走っている途中で休憩をとることも学んだ。何事かを成し遂げようとひたすら自分を追い込み、未来のごほうびのために現在を人生の試練とする代わりに、しばらく歩いて、まわりの景色を楽しむのだ。がんから得た教訓もこれと変わらない。

14

ホルモン療法を開始して六週間後、私は引退した同僚が経営するサリー州の製材所まで車を走らせた。一月半ばのことだ。数日前に雪が降ったのだが、その後雨がつづき、その日もワイパーを激しく動かしながら降りしきる雨のA3道路を進んだ。

かつてその同僚は顎顔面外科医でイギリス海軍の予備役将校でもあった。昔は彼と頭蓋顔面腫瘍の複雑な手術をいっしょにしたこともある。もうすぐ八〇歳になる彼だが、その立ち振る舞いは若々しく、海軍将校らしい威厳も備えている。彼の製材所は、山積みになった巨大なオークの幹に囲まれた、木工職人にとって至福の場所だった。雨でとけかかっていたが、少し雪が残っていた。伐採された見事な木々を見ると、そこに隠れている完璧な四分挽きのオーク材が目に浮かぶ。樹幹を製材所の二〇フィートの台まで運搬するJCバンフォード社製の大型車両もあった。彼は最近頸動脈の大手術を受け、慢性的な腰痛もあったが、独りで製材所をつづけていた。長年の間に彼は複数の上質なオーク材を私に提供してくれ、それを使って私は階段、テーブル、庭のフェンスなどを作った。今回は、ちょうど車の後部座席に収まる一立方メートルのヨーロッパ栗の薪を買った。家に戻ったとき、携帯電話がないことに気づいた。薪を車に積むときにポケットから落ちたに違いない。霧と土砂降りの雨の中、自分を呪いながら、またA3道路を走らなければならなかった。携帯はきっと見つかると確信してはいたのだが、まるで自分の命がそれにかかっているかのように、私は激しいパニックに陥っていた。友人がJCバンフォードの車両で携帯電話をひく光景まで想像したが、ホッとしたことに私の携帯は無傷で木くずの上に乗っていた。

やっとのことで家に戻ったときには、疲れてぐったりしていた。薪をおろしたかったのに、建設業者のものらしきバンがガレージの入口を塞いでいて腹が立った。若い男が運転席に座っていたので、車を動かしてくれと、とげとげしい口調で告げた。彼はおとなしく従ってくれたが、私はひどい態度を取ったことを申し訳なく思い、自分の車を停めたあとで、彼がバンを停め直していた道の反対側までいって謝罪した。

それから、家に戻ろうと歩き出すと、彼がバンから出て、私のあとを追ってきた。

「お宅の屋根のスレートがゆるんでいるのをご存知ですか？」と気遣うような口調で尋ねられた。

彼は、少年のようなピンク色の頬と愛嬌のある笑顔を持ち、強いアイルランドなまりで話した。

「本当かい？」、私は言った。「気づかなかったけど」

彼は、スレートが一枚少しずれていると言い、私はそれを信じた。私の目は以前のようには見えなかったし、数日前の夜も、息子がロンドンの夜空に光るオリオン座を指さしたとき、私にはそれが見えなくてかなり落ち込んだばかりだったこともある。

「よかったら修理しますよ」と彼は親切に言ってくれた。「ぼくたちはご近所さんの雑用をお手伝いしてるんですよ」と言いながら、大雑把に道路の向こうを指さした。

「いくらでやってくれるの?」。私は彼に尋ねた。

「あっ、五〇ポンドです」

「そうか。君たちが修理してくれるなら、ありがたい」と答えながら、ここ最近のひどい天気で被ったトラブルや、作った私の腕が未熟だったせいで雨が降ると義理堅く雨漏りするあちこちの屋根のことを思い出していた。本職の手を借りるのもいいかもしれない。

突然彼の二人の仲間が長いハシゴを持って現れ、一人が屋根に登った。彼は一枚の木片を持って戻ってきた。

「見てください」と彼は言った。「かなり腐ってますよね……スレートがあちこちゆるんで、水がしみこんでいるのではないかと心配です。修理が必要です」

「いくらかかる?」。私は彼に尋ねた。

彼は、計算でもしているような表情でしばらく考えてから、「一四〇〇ポンドですね」と答えた。

今思えば、どうして彼の言うことを鵜呑みにしたのか自分でもわからない。最近がんと診断されたことで気持ちが弱っていて、同情と助けを求めていたとしか思えない。前立腺がんのための化学的去勢が腫瘍だけでなく私の脳の重要な部分を萎縮させ、私を世間知らずで信じやすい性格にしてしまったのかもしれない。私はこのとんでもない申し出を受け入れてしまった。

「契約書にサインしていただく必要があります」。彼はそう言って、印刷された書類一式を差し出した。「サインのために室内に入りましょう……」

そう言われたが、なぜかこれは断った方がいいという気がしたので、家には入らず外で立っていた。「ペンはありますか?」。彼に聞かれて、私はペンを取り出した。私が本格的な契約書にサインすると、ゴシック体で書かれた仰々しい保証書を見せられた。

「通常、二〇パーセントの保証金をいただいています」と彼は言った。

「現金で二八〇ポンドは持ち合わせがない」と私は答えた。

「そうですか、でしたらお気になさらず」と彼は親切に言った。おそらく、私がまぬけなので、どうせすぐに一四〇〇ポンドを支払うと踏んだのだろう。

私が安物のペンを貸したことに対してやけに丁寧に礼を言われて、少し違和感を覚えた。

「スレートは剝がした方がいい」と彼は仲間の一人に言った。その仲間は、ハシゴを登りながら不思議そうな表情で私を見ていた。私はその若いアイルランド人に、翌日足場を組む前に、なぜスレートを剝がす必要があるのかと尋ねようと思わなかった。

そして、彼と仲間たちは私の屋根に穴を残し、翌朝また来ると約束して車で走り去った。

私は家に入り、今起こったことが何だったのかを理解しようとした。その二年前、私は、役者は違うが、そっくり同じ詐欺にあっていた。そのとき私は、オックスフォードの隣人を相手にひどく不愉快でおそろしく高額な訴訟を起こしており、多額な費用がかかる不安で強いストレスを感じていた。前回の詐欺師は、今回の詐欺師と同じ戦略を用いていた。安い手間賃で屋根の雨どいを掃除するという申し出の後、腐った木片を手にハシゴを降りてきて、屋根には大規模な修理が必要だと断言した。その見積り金額さえ同じ一四〇〇ポンドだった。最初の詐欺師たちは室内に入ってきて、私の家をほめちぎった。彼らは、私が契約書にサインしてから数時間のうちに家の前に足場を組み立てることさえしたが、そのあと私は自分の愚行に気づき、彼らに電話をかけると、不必要なまでに礼儀正しく、彼らのサービスを望んでいないことを伝えた。もしかしたら、屋根専門詐欺師の養成学校でもあるのだろうか。

私はキッチンテーブルに座って、あきれるほどだまされやすい自分に悪態をついた。重いハシゴを出して屋根に登り、損傷を調べなければならないと思うとなおさら憂うつだった。脳神経外科医として私は、ハシゴから落ちて頭や脊髄にひどいケガをした老人を散々見てきた。それだけでなく、人がそこまで悪質で不誠実になりうるということを受け入れられなかった。

しかし結局、三連伸縮ハシゴを引っ張り出してきて、屋根に立てかけた。これがけっこう骨の折れる作業で、前立腺がんの化学的去勢が私をむしばみはじめているのではないかと思った。

屋根を修理すると言った詐欺師たちは六枚のスレートを剝がし、剝がすときにそのうち五枚を破損していた。スレート下部のスレートフェルトにも二本裂け目が入っていたが、これも彼らがわざとやったに違いない。腐った木はなく、浸水していないことも明らかだった。ゆるんでいると信じ込まされたスレートは、彼らが剝がしたスレートから数フィート離れていて、少しもゆるんでいなかった。私はハシゴをおりて、サインした契約書に記載されていた番号に電話をかけた。先方が電話に出て、そのすぐ後、意外にも、私を騙したあの青年が折り返し電話をかけてきた。彼は、私が年寄りで愚かだから、屋根の修理が必要だと私を丸め込めると思ったに違いない。そして実際、彼らの努力のかいあって修理は必要になっていたのだが。

「上にあがって確認したんですが」と私は言った。なぜかどうしても丁寧な口調になってしまう。「水は入ってきていませんでした」

「ああ」と自信に満ちた答えが返ってきた。「たるき〔屋根の裏板〕は下からしか見えませんからね。水は上から入ってくるんですよ」

「どうやらあなたはよくわかってらっしゃらないようだ」と、私は少し強気に言い返した。「自分でハシゴをかけてこの目で屋根を見てきたんです。これはただの詐欺だ」

「詐欺ではありません」と弱々しい返事があり、それで会話は終わった。もしかしたら彼は自分自身を欺いてそう信じ込み、それが私を騙すのに役立ったのかもしれないが、やはり詐欺だろうと私は思っている。

この企ての基本は、被害者は屋根の上で何が起きているかを見ることができず、言われたことをそのまま受け入れるしかないことだ。だから、費用にあまりこだわらないくらい裕福そうな白髪の老人を選び、お世辞を言って信頼関係を築き、そして手玉に取る。しかし、契約書にサインした後で、愚かな老人が考え直そうとは、しかも長いハシゴを出してきて、自ら屋根に登ろうとは思ってもいなかっただろう。

最初の詐欺に引っかかったとき、悪徳屋根職人は、素早く組み立てた足場を撤去せず、私が何度も電話で撤去を頼んだが聞き入れられなかった。何週間もたって、私は足場に登り、自分で屋根の修理をした。事実、屋根には問題があったが、それは詐欺師が指摘したものとは違った。わが家の前で生い茂った藤が——私はそれがどんどん伸びて、初夏には淡い青色の花をつけて小さな滝のように垂れ下がる無秩序な様子が好きだ——雨どいと家の壁の間に入り込み、雨どいを壊して雨漏りの原因となっていた。藤を移し替え、鋼板とネジとシーリング材を使って雨どいを補修するのに一日かかった。誰かを雇ってこれだけの作業をしてもらったら、確かにかなり高くついただろう。詐欺師たちが足場を撤去しなかったのは不思議だ。イーベイをチェックしたところ、こうした作業には数百ポンドかかることがわかった。もしかしたら彼らは足場の会社にも詐欺を働いたか、あるいは、彼らが再度わが家を訪問したら私が法的措置を取るとでも思ったのだろうか。最終的に、私は老いたテナガザルのようにポールの間を揺れ動きながら、自力で足場を解体した。この作業はけっこう楽しかった。一年近く待った後、知り合いの建築業者に足場一式を譲ったところとても喜んでくれた。

二度目となった今回のトラブルでは、隣人が引退した地元の建築業者、テリーとミックに連絡を取ってくれ、翌日二人が安い手間賃で破損した部分を修理してくれた。ミックがハシゴの一番下を支え、その間にテリーが上にのぼって屋根のスレートを叩いて元に戻した。彼はテリーが七九歳だと私に教えてくれたが、自分の年齢は明かさなかった。ハシゴが立てかけられた機会を利用して、スレートの上まで伸びた藤を剪定した。そうしていると、通りがかった人が立ち止まって私に話しかけてきた。

「実は、いつもこちらのお宅がすごく素敵だと思っていたんですよ」と彼は言った。「何度もここを通っていますが、そのたびに歓迎してもらっているような気持ちになります」。私はこの心からの言葉に感激した。あの悪徳業者たちの人をバカにしたようなお世辞とは大違いだ。

私はケイトに、屋根職人との残念な経緯を話した。

「あなたはよくやったと思う」と彼女は優しく言った。「あなた、いくつだっけ？　七一歳？　七一年で二回しかだまされなかったなんて、悪くないじゃない。それに、どちらかと言えば、人を信じて生きていく方がいいと思うな。たまに痛い目にあったとしてもさ」

数日後、友人にもこの話をした。その日、恐ろしいくらい頭が切れるチャーミングな経済学教授の彼と私はオックスフォードを流れるテムズ川のぬかるんだ曳舟道を歩きながら、巨大な水たまりを避けて歩いていた。

「なかなか興味深い話だろ」。悪徳業者に対する自分のうかつさについて、私は言った。「どうしてだまされたのか本当にわからないんだ。自分がそんな愚かなことをしてしまうなんて思ってもみなかった」

「それこそがこの話をおもしろくしている要点だよね」と友人は答えた。

ただ、だまされやすい私の物語はハッピーエンドだった。カモにされた最初の詐欺被害の後、私は自分で屋根を修理して多額の費用を節約した。二度目にだまされたときには、自宅の修繕を全部自分でやろうとするのをやめてほしいという家族の要求をついに受け入れた。そして、ミックとテリーを雇い、彼らは私よりもずっといい仕事をしてくれた。さらに、高等法院での四回の審問、三千ページにおよぶ証拠（主に隣人が提出したもの）を含む二年間の後、私をひどく苦しめてきた訴訟がついに結審した。隣人に対して「費用全額補償」を命じる裁定が下された。弁護士の友人たちによれば、これは、裁判官による隣人への相当に批判的な判断が反映されたきわめて異例な結果だそうだ。

屋根職人は私をだまそうと心に決め、まずは親しげに会話に引き込み、お世辞を並べて私を信用させようとした。詐欺師なら誰でも知っていることだが、クリティカルシンキングを停止させるためにお世辞がこれほど効果的だとは驚くべきことだ。振り返って考えると、私は催眠術にかかったようになっていた。しかし、実際に会話がはじまると、引き下がることがしだいに難しくなり、逆に熟練した詐欺師に支配され、誘導される。この流れは、医学における誤診に似ている。私がよく研修医に言ったことだが、間違った道を進めば進むほど、戻って物事を考え直すことが難しくなるのだ。同僚ならただちに間違いを指摘してくれるだろう。しかし、自分を信じたい思いや、間違っていることを認めたくない気持ちが、手遅れになるまで自らを駆り立ててしまうことがある。自分を疑って後戻りするよりも、盲目的な楽観主義で前へ突き進む方が簡単だ。だからこそ、医療の現場においては、難しい症例について話し合ったり、間違いを指摘してくれたりするよき同僚が重要なのだ。

患者が私の診察を受けに来たとき、私は彼らからの信頼を当然のものと思っていた。私は、屋根職人が私にしたような方法で患者たちを欺く必要はなかった。患者は——少なくともイギリスでは——私立病院で高い料金を払わないかぎり、診察してもらう医師を選択する余地はほぼない。しかし、たとえ余分なお金を払って医師を選んだとしても、患者はその医師を信頼するしかない。なぜなら、医師が無能だとか不誠実だとか考えるのは耐えがたいからである。イギリスでは、一般的に患者は無条件に医師を信頼する。それでも、私は患者が自分を信頼してくれたことが正しかったと証明するために、ことさら努力した。神経外科手術にはリスクが伴うため、最善を尽くしても患者が損傷を受けることがある。何があっても、私への信頼を持ちつづけてもらえるように、順調にいかなかった場合のこと、つまり外科医がいうところの「合併症」が生じる可能性について、あらかじめ患者とその家族に心構えをしてもらう必要があった。患者からの信頼が失われたら、治療の続行がひどく困難になる。

私が医師として働いたいくつかの国では、大半の人は基本的に医師を信用していない。どの国にも基準を遵守させるためのライセンス制度や規制があるが、腐敗がまん延する国ではそれらが無視されることが少なくないからだ。ウクライナのある保健大臣がこんな話を私にしてくれた。かつてウクライナでは医師の最終資格試験で学生が賄賂を渡して合格することが慣例のようになっていた。彼女はこの状況を変えるために賄賂を使えないようにしたのだが、そのせいで彼女の支持率は大幅に下がった。合格できない学生は働かざるをえなくなり、教師は手にできるはずだった金を失った。そして、彼女は大臣としての仕事を長くつづけられなかった。

私が患者たちに初めて会ったとき、彼らからの信頼を得るために策を弄する必要はなかった。しかし、医療の問題は、その不確実性にある。医師は確率を口にすることがあり、その場合、天気予報と同じで一〇〇パーセントという予測はありえないので、医師は当然それをしない。

私たちは「医師は私に余命半年と言ったが、六年経っても私はまだこうして生きている」というような不満の声をよく耳にする。こうしたケースでは、医師が患者に告げたのは、ほぼ間違いなく、あなたはあと六ヵ月しか生きられないかもしれないという言葉だったはずだ。六ヵ月以内に亡くなった患者に関しては、そう、彼らから連絡を受けることはない。

私が初めて患者に会うとき、問題は信頼関係を築くことではなく、むしろ将来失敗する可能性に備えることだった。治療に失敗したら、信頼の維持どころではなくなる。私は研修医に、患者と家族が初めて外来診察室のドアを通り抜けた瞬間から「合併症」の管理がはじまる、と言い聞かせていた。信頼を維持するのは、年を重ねるほど容易になる。経験を積み、自信がついてくるし、すべての患者が経験の重要性を理解しているからだ。しかし、どれほど経験を積んだとしても、うまくいかないことはある。

失敗しても信頼を維持するために試せる二つの方法がある。一つは、あなたが心から患者を気にかけていること、一人の人間としてその患者に関心があること、患者にとって重要なことはあなたにとっても重要であるということを示すことである。気遣っているフリを完全に演じることも不可能ではないかもしれないが、かなり難しいと私は思っている。二つ目は、言葉は悪いが、高度なトリックを使うことだ。患者と話すときには常に椅子に座り、決して急いでいるようなそぶりを見せてはならない。これは、昨今の医学生が教えられているという、たとえば患者に「あなたのことをもっとよく知りたいのです」というような、型にはまった言葉を使うよりもずっと重要である。患者はバカではないので、不誠実な態度はすぐに見抜かれる。

通常、患者は医師を尊敬する。それは、彼らの命が医師にかかっているからだが、引退して初めて、ほとんどの医師がこの尊敬を受けるに値するとされる理由がわかった。それは成功の結果ではなく、失敗の結果である。成功に関しては特別なことは何もない。もちろん、医師と患者の両者にとってそれはすばらしいことだ。しかし、たとえすべての手術、すべての治療、すべての診断が成功したとしても、医師を特別な存在にすることは何もない。勝利は単なる勝利にすぎない、と私は研修医に言ったものだ。一方で、私たち医師には大失敗がある。ウクライナを訪れたとき、同僚を手伝って、良性の脳腫瘍を患う子どもの手術を成功させたことがある。危険な外科手術を行うことでこの国の医療で新境地を切り開いたと、私たちは歓喜した。それからまもなく、私たちは腫瘍のある別の子どもを手術した。前の子どもよりも難しい症例であり、腫瘍は悪性だった。手術はうまくいったように思えた。翌朝、同僚と私は病院に行く前に近くの公園でランニングをした。すごく気分がよかった。夜のうちに雪が降り、澄み切った冬空の下、公園も街もとても美しく見えた。病院に着くと、その子どもが術後の大量出血で苦しんでいた。夜間で見逃されていたのだ。私のミスだ。手術の前に術後のケア体制について病院側に確認しておくべきだったのに、前の手術がうまくいったので油断していた。実際、術後ケアはまるで不十分だった。その朝私たちが病院に行くまで、出血により子どもが重篤な状態に陥っていることに誰も気づかなかった。

子どもは少しずつ弱っていき、数日後に死んだ。その女の子は、シングルマザーの一人っ子だった。毎日母親と話すことが本当に心苦しかった。なんとか希望を持ってもらおうとしたが、娘の状態が悪化するにつれ、希望は失われていった。このような問題、つまり失敗を胸に生きること、そして患者やその家族と信頼関係を維持することが、医療を特別なものにする。患者のベッドの横を急いで通りすぎ、患者の家族を避け、半端な真実やわかりにくい専門的な情報を伝え、自分と他人の両方に「他にできることはなかった」というのは簡単だ。子どもの死後、私は、せめてもの償いのつもりで、病院のスタッフに術後のケアについて熱弁をふるった。それが何らかの変化をもたらしてくれたことを願うばかりだ。パンデミックの影響で私のウクライナ訪問は途絶え、確かなことはわからない。

第三部　いつまでも幸せに

15

私は、六カ月間のホルモン療法の後、放射線治療をはじめた。まず、放射線のターゲットとして使用される「金マーカー」を私の前立腺に挿入するために、放射線治療を受ける病院とは別の病院の放射線科に行く必要があった。そこは、以前他の神経腫瘍専門医たちとのミーティングのために週に一度訪れ、脳腫瘍の患者について意見交換を行っていたところだ。当時の私は金曜の朝にジュニアドクターたちとその病院に向かい、建物に入ると左に曲がって食堂に行き、ミーティングの前にたっぷりの温かい朝食をとっていた。しかし今回私は、尊大な外科医としてではなく患者という下層階級のメンバーとして、病院に入ると右に曲がって放射線科に向かうという少しばかり皮肉な経験をした。廊下を歩きながら、背が縮んだような気がした。

放射線科は地下にあったが、思いがけずとても美しい場所だった（おそらくPFIプロジェクトがからんでいない病院だからだろう）。そのスペースはアトリウム構造になっていて、細い柱に支えられた高い天井の大きな窓から光が降り注いでいた。雰囲気は、修道院の回廊にいるように穏やかで平和だった。そこは、私たちの多くが慣れ親しんでいる、混雑し窓もろくにないような外来待合室とは雲泥の差だ。「最先端の放射線治療法を採用。放射線治療はがんを治癒します」というポスターが貼ってあり、元気づけられる。

私は、親切な専門看護師に出迎えられ、その後まもなく小さな部屋で横向きに寝かされた。ズボンもパンツもはかずに、腹立たしいほど無力感をあおるうしろで留めるだけの病衣を身につけていた。ただ、この場面では少なくとも理にかなった格好だった。看護師は私の直腸に肛門鏡を挿入し、次に超音波ガイドを使って、特殊な注射器で前立腺に金マーカーを挿入した。痛かったのはほんの一瞬だった。

「大きさはどのくらいなの?」。私は尋ねた。

「長さ三ミリ、直径一ミリの円柱で、二四カラットの金ですよ」と彼女は答えた。

最近は金の価格が右肩上がりなので、感銘を受けた。

「おもしろかったよ」とズボンを上げながら看護師に言った。

「そんなことをおっしゃる方は初めてですよ」と彼女は言って、少し怪訝な表情で私を見た。

「何十年も前だが、脳神経外科医の研修の前に一般外科で一年間勤めたんだ」と私は話しはじめた。

「毎週金曜の午後は直腸診をやることになっていた。シドカップの住民も私も、その経験を楽しんではいなかったが、今となっては、彼らの気持ちが少しは理解できるよ。反対の立場になってみるのは、いつだって興味深いものだ」

もう一枚プリントアウトを手に取り病院を出た。そのプリントには、処置により起こりうるあらゆる合併症についての警告が書かれていた。駐車場へ歩いていくと、雨が激しく降ってきた。自分の三本の金歯を思い浮かべ、私の消化管の入り口と出口の両方に金が並んでいることは自慢話にできそうだと考えた。

放射線治療は二週間後にはじまった。

治療は、ウィンブルドン・ヒルにある私の自宅から六マイル離れたチェルシーのロイヤルマーズデン病院で行われた。病院まで最速で行くなら自転車だ。まずワンドル川に沿った自然遊歩道を進み、次にテムズ・パスをアルバート橋まで行く。

最初のセッションは金曜の午後だった。午前中は大雨になり、ワンドル川沿いの道に並んだイラクサやフジウツギが低くたわんでいたので、それらを避けるように自転車を走らせた。あたりはフジウツギの香りに満ちていた。意外にもこの川は、クロイドンに源がある。ロンドンにはかつて多くの川があり、エフラ、ペック、クアギーといった楽しい名前がついていた。ワンドル川は、覆われて下水道にされなかった二本の川のうちの一つだ。道の途中には、高い柵のあるみすぼらしい放牧場があり後方で草を食む数頭の小さなポニーに思わず目を奪われる。そこを通りすぎるときにたびたび目にした子どもたちは、ポニーをよく見ようとフェンスに顔を押しつけていた。川の対岸は工業用地で、ゴミ収集車が積み荷を吐き出す音が絶え間なく聞こえるゴミ処理場、巨大な変圧器と絶縁器を備えた変電所、それに耕作用貸付地の区画があった。私は、アールズフィールドで幹線道路に入り、ワンズワースの一方通行路を渡り、旧ヤングズ・ラム・ブルワリー（現在は高級マンションになりラム・クオーターと呼ばれている）を過ぎて、テムズ・パスに出た。そこで、他のサイクリストやランナー、犬の散歩をさせる人、ベビーカーを押す母親たちに合流し、今ではテムズ川の河岸を占領するガラス張りの退屈なアパートメント群を通りすぎ、アルバート橋を渡った。

病院に着くと、地下に案内された。放射線科の小さな待合室があり、壁の上部には葉の模様が入った磨りガラスの採光用窓が並んでいた。待合室にいる勇敢ながん患者たちの姿を通行人から見えないようにする配慮なのだとは思うが、その結果、患者やスタッフは外の世界を見ることができない。治療のために待っていた私以外の患者は三人だけだったが、どの人も私と同じように元気そうで、患者にも勇敢にも見えなかった。

座って待っていると、驚いたことに腫瘍専門医が現れた。彼は手術着を着ていた。

「先生が手術をするとは知りませんでした」と私は言った。

「ブラキセラピーです」と彼は応じた。ブラキセラピーは、前立腺に放射性ペレットを挿入して行う治療で、前立腺がんのために私が受けることになっている治療法とは別の方法である。「脇部屋に行きましょう」と彼は言った。

腫瘍専門医はいくつもある廊下の一つを進み、私たちは窓のない狭い個室に向かい合って座った。彼は私の最新のＰＳＡ値について知らなかったのでそれを私に尋ね、しばらくおしゃべりをした。主な話題は彼の息子の気候変動に関する見解だった。私たちは二人とも私の治療のことも予後のことも話したくはなかったようだ。彼とのこのシンプルなコミュニケーションが私にとってどれほど大きな意味を持つのか彼は気づいていたのだろうか。

がんと診断されてすぐのころは、「七〇歳にもなって、がんの治療や回復を望んだり求めたりするのは滑稽だ」と思うようにしていた。私が求めるべきは、あと数年よい人生を過ごすことだけだ。それに、たとえ私の余命が数年ではなく数カ月だけだったとしても、今と違う人生をどう生きるかを想像するのは難しい。私は幸運にも恵まれ、よい人生を送ってきた。愛する家族がいて、やり残したことのリストもないし、ネパールとウクライナがなつかしく、そこにいる友人たちとすごく会いたいと思うけれど、慌ただしく世界を巡る気はしない。ただ、厄介なのは、仮に私があと数年生きられるとしても、病気が再発すれば、きっともう数年生きたいと期待するに違いないことだ。生きつづけたいという私の強い思いは、治癒できない肉体的な苦痛でなければ屈服することがないほど圧倒的なもので、どれだけ生きても、あと数日だけ、と望むかもしれない。しかし、そうではないかもしれない。そうでないことを願う。

量子力学に従えば、すべての物質は、観察のしかたに応じて、波または粒のような振る舞いを見せる。さまざまな種類の放射線のうち、医療目的の放射線治療には主として光子が使用される。光子は、電磁放射線（光も含まれる）の粒子で、原子が励起状態のときに放出される。つまり、入ってくるエネルギーがその電子を一時的に原子核の高エネルギー軌道に叩き出すのだ。その後、電子は基底状態に戻り、光子の形でエネルギーを放出する。放射線治療は、私たちが網膜の錐体や桿体で見ることができる光の波長よりもはるかに短くて高エネルギーの波長を使用する。私たちの目は、進化によって、生存に役立つ特定の波長に反応するように形作られており、周囲で起こっていることのほんの一部しか見えない。昆虫は、私たちに見える波長とは異なる波長を見ている。生存と繁殖のために、たとえばミツバチに紫外線が見えるように、昆虫は、私たちが必要とするものとは違う外界の側面を知覚する必要がある。私の家の裏庭にいるミツバチは、ピンの先ほどの脳しかないが、私たちには見えない偏光を見ることで、最大五マイル離れたところからでも自分の巣の数フィート圏内に戻ってくることができる。

すべての生物の視覚は、オプシンという分子に依存している。オプシンは、光に反応して形が変化し、神経インパルスを生じる。異なるオプシンは、異なる光の波長に反応する。夏になると、コテージの庭に掘った池の水の上を虹色のトンボが飛び回っているのだが、トンボの巨大な目の網膜には最大三〇個のオプシンがあるという。人間には特定の波長に反応するオプシンが三つだけあって、脳がそれを赤、青、黄色と解釈する。私たちの脳はこの三原色を組み合わせて虹に含まれる他の色を作り出す。四つのオプシンを持つ女性も少数ながらいると考えられている。

研究者の中には、昆虫が何らかの意識経験を持っている可能性があると示唆する者もいる。彼らによると、哺乳類と昆虫を比較した場合、中脳（脳幹上部）の構造に類似点があり、そこで意識経験が生み出されている。この文脈における「意識経験」とは、単に「知覚」を意味する。痛みや、場合によっては空腹を感じる能力であり、私たちのように考えたり自意識を持つ能力ではない。

脳神経外科での研修初期に、患者の意識は脳幹と大脳皮質の両方に依存していることを学ぶ。のみ、電気プラグ、自殺未遂による複数の釘、木の柵などが頭蓋骨を突き破って脳に刺さった状態で急遽病院に運び込まれる患者がときどきいるが、私はこれらすべてを見たことがある。傷口から脳組織が見えることもある。こんな状態でも患者の意識ははっきりしているが、脳幹にわずかな損傷を受けただけで、患者は意識を失う可能性がある。このため、意識の標準モデルは、何百本という光ファイバーの束の各先端が光るランプ（四〇年前は流行っていた）に類似したものである。言うなれば、意識は何百本という線維が作り出す光の明るさである。照明のスイッチ――脳幹――をオフにすると暗闇になるが、電気の供給に損傷がなければ、相当数の線維が傷つかないかぎり光は弱まらない。つまり、大脳皮質にわずかな局所的損傷があっても意識に影響を与えないが、広範囲の損傷の場合影響が出ることがある。

昆虫が何かを感じるかどうかがわかる日は来ないのではないかと私は思う。水頭症の赤ちゃん（脳幹は無傷だが大脳皮質がきわめて小さい状態で生まれてくる赤ちゃん）にも同様の問題がある。私はそのような子どもを何度か担当し献身的な親たちにも接した。彼らは、喜び、怒り、苦痛などさまざまな表情を見せるが、果たしてそれが単純な反射運動なのか、あるいはある程度の知覚力や感情を伴うものなのかを知る術はない。一部の研究者は、水頭症の赤ちゃんにも感情があると主張する。彼らの親たちもそう確信している。また、中絶をめぐって、妊娠初期の胎児が痛みを感じるかどうかについて同様の議論がある。

私は治療の日はいつも自転車で病院に通っていたが、長く待たされることはめったになかった。名前を呼ばれると、明るい廊下を歩いて立派なマシンのある部屋に行き、その台に横になった。「ヘンリー・マーシュ。五、三、一九五〇」〔著者は一九五〇年三月五日生まれ〕と行進中の一兵卒のようにまくしたて、それからズボンとパンツを脱いだ。放射線技師が、私の下半身をそっと押して、上から照射されるレーザー光線がしっかり当たるように調整してくれ、数カ月のホルモン治療により毛がなくぽっちゃりとみっともない体型になった私の体は、ものの数分でマシンの定位置に収まった。放射線技師が部屋を出て行き、私は一人でそこに横たわっていた。私には、この恵み深く巨大なマシンが不思議な力を備えているように感じられ、きっと私を救ってくれると思いたかった。それは私も知っている量子力学の世界であるが、その数学的側面についてはあまりにも複雑で理解のきっかけさえつかめない。数分後、ゆっくりと思慮を巡らしているかのようにマシンが動き出し、私のまわりを回転した。動作中は奇妙な音がする。遠くから聞こえてくる、ヒステリックに笑うカエルの声みたいだ。

巨大な放射線治療機に横たわり、私のがん（および骨盤のすぐ近くにあるすべて）が破壊的な光子によって攻撃を受けているんだなと感じるのは不思議な体験だった。光子は見ることも、聞くことも、においを嗅ぐこともできないが、数週間後には、遅れて現れる効果をはっきりと感じられることになるのだ。そして私は、自分の人生、少なくとも今後数年の人生は、この量子力学による魔法のような不可視光線にかかっているとわかっていた。

「量子ヒーリング」と呼ばれるもうけ主義のインチキ療法がある。それは、量子レベルの粒子は、私たちが住む日常の巨視的世界では不可能な振る舞いをする。それは、波であると同時に粒子であり、量子もつれやトンネル効果の現象を起こし、同時に二つの場所に存在することができる。このような不可能な事象が起こりうるのであれば、他の不可能なこと——たとえば、末期がんの治癒——も可能なはずだという主張をする者が出てくる。そして、こういうオイシイ話を病人や不安を抱える人に聞かせれば、大金が手に入るというわけだ。

しかし、治療用の直線加速装置に関して魔法めいたところは一切ない。それは、何十年もかけて数千人の科学者とエンジニアが作り上げた物理科学とハイテク工学の努力の結晶なのだ。マグネトロンは、電子レンジと同様、高周波（光子の流れ）を発生させる。電子銃（通常、加熱されたタングステンフィラメントが用いられる）は、ウェーブガイド（高周波内の長い導波管）に電子を発射する。周囲の磁石に誘導された電子は波に乗り、光速に迫るほど加速されてタングステンのターゲットに衝突する。高速の電子がタングステン原子と反応すると、ターゲットは光子を吐き出す。次に、光子はフィルタリングされ、ターゲットに集中するよう調節され、懐中電灯の光のように細いビームに成形され、がん（およびそれを取り囲むすべて）に向けて発射される。光子ビームを円弧状に回転させながら発射し、その強度と形状を調整することによって、腫瘍には高線量のX線が、腫瘍の周囲には比較的低線量の

X線が照射される。

放射線治療は、その通り道にあるすべての細胞、とくに細胞核のDNAに損傷を与えることにより、効果を発揮する。高エネルギーの光子がターゲットの分子から電子を叩き出し、DNAのらせん構造を直接切断する。これは腫瘍と健康な細胞の両方に起こるのだが、決定的に違うのは、健康な細胞に比べて、がん細胞は傷ついたDNAを修復しそれを再びつなぎ合わせる能力が低いところだ。健康な細胞には「冗長性」があると言われる。言い換えると、DNA修復のために複数の異なるメカニズムを持っているということだ。さらに、放射線が細胞内の水分を「イオン化」するという間接的な影響もある。水分子は水素原子二個と酸素原子一個が二個の電子を共有することによって結合したもので、電気的には中性だが、放射線がマイナスに帯電した電子を払いのけると、プラスに帯電した分子、すなわちイオンが生じる。この過程で、怪しげな治療で好んで使われる悪名高い「フリーラジカル（遊離基）」、とくにヒドロキシルイオンが発生する。これは一個の水素原子と酸素原子のペアで、負の電荷を帯びている。それらは他の多くの原子や分子と反応し、がん細胞と健康な細胞の両方に大きなダメージを与える。最近の研究では、主となる照射野の外側の細胞にも変化が現れる「バイスタンダー」効果もあるとわかっている。科学の多くがそうであるように、詳しく調べるほど発見が多くなり、ますます複雑になっていく。

現実的な観点から言えば、私にとっては、私の腫瘍が死滅するとしても、数カ月はかかるということだ。損傷したDNAを持つ悪性腫瘍は、分裂して増殖しようとすると死ぬ（私としてはそう熱望する！）。私のがんが前立腺の中にとどまっていれば、放射線のターゲットは明確に定められた範囲内にあるので、私はほぼ確実に治るだろう。しかし、私の場合がんを放置していたので手遅れになっているかもしれない。がんは前立腺の周囲（とくに精細管内）に浸潤して、もはや明確なターゲットにはなりえない可能性もある。散在して高エネルギーの光子が届かないがん細胞があるかもしれない。

治療は一ヵ月かかった。週に五日通って、合計六〇グレイを吸収した。「グレイ」は物質（ここでは私の体）により吸収される放射線の計量単位である。私がマシンの正しい位置に横になると、箱形の構造を持つ電動アームが両側から出てきて——抱擁されているようで心強い——、単純X線を撮る。X線により私の前立腺に留置された金マーカーの位置が明らかになり、金マーカーに向けてX線ビームが照射される。ビームは、治療計画用CT画像を使ってターゲットを定める。このとき、膀胱が満たされ、直腸が空になった状態でなければならず、治療の場合も同様である。これが原因で問題が生じることもある。単純X線で腸管下部の状態に問題がない（放射線の危険がない）と判明するとブザーが鳴る。すると、マシンの巨大なガントリーが私の周囲を重々しくゆっくりと回転しながら照射する。単純X線が撮影されるとき、マシンは事務的なクリック音をたてるが、実際に治療がはじまると、カエルの合唱が聞こえてくる。

こうしたすべてが日常の一部となり、私はすぐにマシンの動きと音に慣れた。しかし、一ヵ月の治療のなかばごろ、最初のX線撮影の後で長く待たされた。やがて放射線技師が部屋に戻ってくると、「実はですね」と申し訳なさそうに切り出した。「多すぎるんです」と言ってしばし躊躇した後、つづけた。「直腸に物が多すぎます。なんとかきれいにしていただかないと」

「なんてこった」。私は言った。

放射線の照射が可能になるまで、破裂しそうな膀胱の強い不快感を二時間辛抱した。残りの治療期間、私は単純X線の結果を不安な思いで待ち、ブザーの音が聞こえると深い安堵のため息をつくという日々を繰り返した。ブザーの音は私の腸に問題がないという合図だ。マシンが回転し、照射がはじまると、私はにっこりと微笑んだものだ。治療の終盤には、放射線で深刻な炎症が生じていたため、治療の前に膀胱をいっぱいにしておくという要件を満たすことが非常に難しくなっていた。インターネットで失禁について調べたところ、失禁の世界はとてつもなく奥が深く、失禁に対処するおむつ、陰茎クランプ、あるいは各種カテーテルシステムなど多くの用品や器具があることを知った。どうやら、最近では赤ちゃん用よりも大人用のおむつの方が多く売られているようだ。現在の社会で起こっている深刻な人口動向の証拠と言えるかもしれない。失禁の可能性が大きくなってきたので、清潔なズボンとパンツを自転車のラックにいれておくことにした。放射線治療の最終日に自転車でバタシーに到着したとき、我慢できないほどの尿意に襲われ、恥辱と不名誉な結果をなかば覚悟した。しかし突然、まるで魔法のように、バタシー鉄道橋のレンガ造りのアーチの下に、ドクター・フー〔イギリスのSFテレビドラマ〕に出てくるタイムマシン「ターディス」のように、しかし例の電子音楽は抜きで、仮設トイレが現れた。それは、近くの建築現場で働く作業員のためにずっと以前からそこにあったに違いないのだが、私は気づいていなかった。しかも、ロックがかかっていない。私は、トイレの守護聖人に祈りの言葉をつぶやきながらトイレに飛び込んだ。

専門用語では「排尿（urinating）」と呼ばれる尿意のコントロールの仕組みは複雑であまり知られていない。膀胱壁の伸張受容器、脊髄、脳幹との間には比較的単純な反射があり、この結果、膀胱を空にする反射が起こる。しかし、こうした反射は、大脳皮質（大多数の神経学者が意識があると考えている部分）の制御下にあり、意識的に制御されている。失禁はしばしば脳前頭部の損傷に関連する。しだいに私の生活を支配しつつあった膀胱神経症は、忙しくしていたり、気が散っていたり、私の意識が他に向けられているときにはあまり問題にならないことに気づいた。切迫した尿意の波は、たとえば、玄関のブザーが鳴ると消えてしまう。尿意切迫感を緩和できる各種薬品があるが、そのほとんどは脳に作用し、認知症に悪影響を与える。私がそうした薬の服用を提案されたとき、認知症に関する話をされなかったことに驚いた。おそらく、医師である私はすでに知っていると思われたのだろう。しかし、私は知らなかった。それでも、インターネットで少し調べただけで、薬はやめておいた方がよいことがわかった。

最後の治療は真新しいビヴァンのマシンではなく、古いブルネルマシンだった。マシンには粘着テープの跡があり、回転するときには、私の関節炎の膝に共鳴してか、少しきしるような音をたてた。カエルの合唱は聞こえなかった。

16

最初のロックダウンがはじまったとき、私も他の大勢の人と同じく、ダニエル・デフォーの『ペストの記憶』を読んだ。一六六五年のロンドン大疫病から六〇年後に書かれ、多くの部分は著者のおじの日記に基づいた話だが、驚くほど臨場感がある。人々はしばしばもがき苦しんで死んでいくと書かれた一節がある。それは肉体的な苦しみであると同時に精神的な苦しみであり、彼らは、罪の告白が遅れて永遠につづく地獄に落ちてしまうことを恐れていた。デフォーは、死を目前にした彼らが、まだ病にかかっていない人たちに罪の許しを請うように急かしている様子を描写している。

デフォーの同時代人や、自死幇助（assisted dying）に反対する大半の人々とはおそらく異なり、私はいかなる形であれ死後の世界は信じていない。死んだ後で、自分が罰せられるとも褒美をもらえるとも思っていないし、生者の世界に現れる不幸な幽霊になるかもしれないとも思っていない。実際、複数の調査によれば、死後の世界を信じるたいていの現代人は、天国だけを信じ、地獄は信じていない。思考や感情が物理現象であるという神経科学のメッセージを受け入れた人は、死後の世界はボルツマン脳と同じようにありそうもないものに感じられるだろう。私の知り合いに、死後の世界を信じている神経科学者が数名いる。そのうちの一人が、私に下された診断のことを知って手紙をくれた。彼が言うには、私たちの人生は、天国の饗宴における食前酒やカナッペにすぎないのであり、チケットを買った者だけが天国の饗宴に招かれる。私はチケットを買わない。私の知るかぎり、死ぬと、私を構成する原子（はるか昔、星が最期を迎える瞬間の超新星爆発で生成されたもの）は、天国の饗宴へ向かうのではなく、他の形の物質に再配置されることになる。私たちは意識のある存在ではなくなり、私たちより長生きする人たちの脳の中に記憶として生きつづける。だから私たちにはピラミッドや礼拝堂や墓石があるのだ。もちろん、それさえ儚いものだ。だとしても、弔いのための記念碑や埋め立て地のゴミではなく、よい思い出を残せるように、私たちはそれぞれの人生を生きる義務があるはずだ。

進行性前立腺がんが明らかになった当初、私はその診断となかなか折り合いをつけることができなかったのだが、考えれば考えるほどはっきりしてきたことがあった。それは、唯一重要な問題は、私がどんな死に方をするかということだった。

医師として、私は多くの人の死に立ち会ってきた。それは速いこともあれば遅いこともあり、痛みがないことも苦痛に満ちていることもあった。現代においてさえ、恐ろしく残酷な死に方をする人もいるし（緩和ケア医の中には逆の主張をする人もいるかもしれないが）、穏やかにひっそりと亡くなる人もいる。そして、時には、死が集中治療や蘇生によって先送りにされ、見え透いた嘘や否定で塗り固められる。いずれにしても、簡単に死ねることはめったになく、現代人の大半は、知らない人の世話になり、尊厳も自律性もなく病院で命を終える（ホスピスで死ぬ人はごく少数だ）。科学的医療はすばらしい恩恵を与えてくれたが、同時に呪いをもたらした。現在の私たちの多くにとって、激しい痛みはまれにしか問題にならないとはいえ、死は長々とつづく体験になってきた。加えて、現代の診断技術により、患者がまだ比較的元気で自立して生活できているときでも、私の場合そうだったように、ずっと前から健康の衰えや死を予測することができる。言うまでもなく、死が避けられないことはみんな承知しているが、ひとたび自分が致命的な病気であると診断されたとたん、すべてが変わるのだ。

前立腺がんは骨に転移することが多い。そうなると、苦痛は激しく、死までの道のりは長くなるかもしれない。腫瘍が脊椎にまで転移すると、死によって苦痛から解放されるまでのかなり長い時間、手足——両足、または四肢すべて——の麻痺が生じる可能性がある。脊椎転移による脊髄の強い圧迫がまだ生じていなければ、手術によって麻痺の発症を遅らせることができる。医師が呼ぶところの「臨床像」では、以下のような症状や経過が典型的である。患者は腰の痛みを訴えはじめる。それは通常の腰痛とは違って、二、三週間たってもよくならず、むしろ悪化する。問題は夜間に起こることが多い。遅かれ早かれ、腫瘍は脊髄を圧迫しはじめる。直接圧迫する場合もあるし、椎体の圧潰（あっかい）による場合もある。そして、患者は足のしびれや衰弱を感じはじめる。その後、ときには数日のうちに、ときには数週間かけて、失禁や完全な麻痺へと状態が悪化する。脳神経外科医は、このような末期の状態を「ソーン・オフ」〔sawn-off の一般的な意味は、ショットガンの銃身を切り詰め、銃床を短くすること〕と呼ぶ。この段階まで手術が行われていないとすれば、手術をしてもまったく意味がない。患者は、死ぬまで完全に麻痺したままだ。運が悪ければ、この状態がかなり長くつづくことになる。

脊椎に転移した前立腺がんを手術しても延命にはならないが、脚を失うよりは、まだ立てるうちに死ぬ方がマシだと言う人もいる。患者がまだ歩くことができるときに手術をした場合、通常やっただけの価値はある。ただし、その患者が少なくとも六カ月ほどは生きられる可能性があればの話だ。私は、この問題を抱えた多くの老人を診てきた。しばらく前まで、脊髄を圧迫している腫瘍と骨を除去して、脊椎を「減圧」するという単純な手術が適用されていた。ただし、腫瘍がすでに椎体の圧潰を引き起こしている場合には、一般的に手術は事態を悪化させるだけなので、ぜひ避けるべきだとされていた。つまり、決断は簡単だった。これは単純な型どおりの手術であり、患者はすぐに退院し、すぐにも腫瘍専門医の治療に戻る。私は、そうした患者とその後接触することはなかった。私は、彼らが遅かれ早かれみんな死んでしまうことを知っていたし、それ以上彼らについて考えることはなかった。しかし、最近になって、椎体圧潰の問題に対処するためのさまざまな金属性インプラント——押しつぶされた椎体をまっすぐにして崩れないようにする複雑なチタン製の骨組——が開発されている。現在、この手術は整形外科や脳神経外科などの専門外科医によって行われる。私は引退する何年も前にこの種の手術をやめていた。問題は判断が難しくなったことにある。リスクとメリットのバランス評価がより困難になっているのだ。悪化する前に大手術を行うべきだろうか？　予後に関する見解が悲観的で、大手術を正当化できないと判断するポイントとは何だろう？　患者の余命が数ヵ月しかない場合、手術する意味はほとんどない。意志決定を助ける指針として、医師が好んで使う長い頭字語（実際よりも正確に聞こえる効果がある）を持つ複雑なアルゴリズムも開発されている。

しかし、依然として判断の問題であることに変わりはなく、外科医は誤りを犯すことがあるし、楽観的すぎることも多い。

しかし、すでにソーン・オフ状態の男性を手術しても得るものはない。ジュニアドクターがこのような患者を受け入れた場合、彼らは厳しく叱責される。偽りの期待を抱かせ、貴重な手術ベッドを無駄にした上に、できることは患者を紹介元の病院に送り返すことだけなのだ。そして、誰かが患者に悪い知らせを伝えなければならない。私はこのような症例をはっきり覚えている。患者は七〇歳の男性で、腰から下が完全に麻痺していた。そのため、患者には失禁があり、歩けないだけでなく、自力でベッドに座ることもできない。患者を入院させたことについてジュニアドクターを叱りつけたが、気の毒な患者とは私が話すべきだと感じた。夜が更け、患者はベッドサイドの電気スタンドが照らす小さな光の輪の下、ベッドに横たわっていた。そこはNHSの標準的な四人部屋で、かりそめのプライバシー用カーテンで仕切られている。私はカーテンを引いて、患者の横に座った。

自己紹介すると、彼は期待を込めた目で私を見つめた。

彼に言った言葉を正確には覚えていないが、彼が再び自立した生活を取り戻す見込みはないと伝えた。麻痺の重さを考えると、彼が自宅に帰るという希望もかなわないかもしれない。彼の妻には障害があり、彼が自宅で介護していたという。患者の子どもたちはみな、遠くに住んでいた。

彼は黙って私の話に耳を傾けた。私は彼に「おやすみなさい」と言って立ち去った。自転車で家に向かいながら、この先彼を待ち受けているものについて考えていた。

「安楽死（euthanasia）」はギリシア語由来の語で、単に安らかな死を意味する。死に瀕した人の死に医師が手を貸すという考えは新しいものではない。トマス・モアは『ユートピア』の中で安楽死を提唱していたが、それはあくまでも、死後敬虔な人々に訪れる天上の喜び、すなわち天国の饗宴を固く信じていることが前提だった。私たちの祖先の狩猟採集社会で、この慣習があったかどうかについては相反する論文がある。安楽死という語は、二〇世紀、ヒトラー政権により「役立たず」の烙印を押された障害者や慢性疾患の人々の大量殺戮を表すために使用され、その後は非常に邪悪な意味を持つようになった。自死幇助は安楽死ではない。安楽死は、医師が患者の同意なく患者を死に至らせることを意味する。いくら強調してもしすぎることはないが、自死幇助では、患者の自律性と選択がキーとなる。自死幇助は、かつて自殺幇助（assisted suicide）と呼ばれていた。そのことからも、この行為が患者の決断によるものであることが明らかであり、もちろん自殺は違法ではない。

以前私は大切にしている「自殺キット」について本に書いたことがある。それは、自分の命を終わらせることができるように、合法的に入手したいくつかの薬物である。進行性のがんだと診断されてからというもの、私は自分の死がどれほど悲惨なものかを想像し、しだいに絶望的な気分になっていった。私の自殺キットが効かない可能性も心配した。たとえば、薬剤を過剰に飲みすぎて吐いてしまうかもしれない。ひどく落ち込んだ私は、自死幇助に関して私と同じ意見を持つ親しい友人の医師に電話をかけた。がんの診断について彼に話しながら、私は泣き出してしまい、奥にいたケイトが電話の会話を聞いて泣いているのが見えた。私のがんについて、しばらく友人と話した。

「こんな話はまだ早くないか？」。彼は尋ねた。

「うん、わかってる。だけど、最悪に備えておきたいんだ」と私は言って、こうつづけた。「終わりが近づいて必要となったときには、私を助けると約束してくれるかな？」

「ああ、約束するよ」。彼は言った。

約束をもらって私の苦痛は少し和らいだが、完全になくなりはしなかった。医師である私は、最終的にそれを自分が望んだならば、イギリスの法律で認められているよりも楽な死を選べるという切り札を持っている。これはとても幸運なことである。もちろん誰もが好きなときに自殺する自由はあるが、死ぬための薬物の入手は制限されているため、自殺は暴力的な方法で行わなければならない。たとえば、高所から飛び降りる、喉をかき切る、首つりや窒息を実行するなどの必要がある。アメリカのような国では銃が使われることが多く、アメリカの銃による自殺は毎年約二万件にのぼるという。幇助のないこれらの自殺方法は、自分自身にとっても家族にとっても悲惨である。知り合いの葬儀屋から聞いた話だが、彼女は高齢者の自殺遺体を扱うことがたびたびあり、中には意図的に絶食する人がいるが、自殺として分類されない場合も多いという。彼女は、残された家族に患者たちがもたらした悲嘆と罪悪感のことも私に話してくれた。代替の方法として、チューリッヒのディグニタスなどの自殺を幇助する団体に助けを求めることもできる。ただ、費用は決して安くないので、金銭的余裕がある場合にかぎる。スイスに対して何も含むところはないが、私はスイスで死にたいとは思わない。たいていの人々と同じように家で死にたい。

もちろん、いよいよとなったときに、私が自殺を望まない可能性も十分に承知している。私たちの多くは自然のなりゆきに任せることを好むものだが、それでもしばしば一種の乖離状態に陥って、心の一部は自分が死ぬことを知っていても、別の一部は生きつづけると考えたりする。私は、死の床に横たわる母に、そして私自身の患者の何人かの中にこの異変を見た。それればかりか、私はこれを自分の中に見た。私はまだ死に瀕してはいないが、診断を受けたときには希望と絶望の間で激しく揺れ動いた。私たちは正反対の感情を同時に感じることはできないので、目の錯覚を利用したトリックのように、感情を交互に入れ換える。自分にもう未来はないと確信しながらも希望を捨てきれないという状況に直面すると、神経科学ではとうてい説明できないが、一貫した単一の自己が、矛盾する信念を持って別々の部分へと分離するのだ。

ナチスの医師による患者や強制収容所の囚人の大量殺害、ならびに多くの国の医師による同意なき患者に対する医学的実験を受けて、一九四七年にニュルンベルク綱領が公布された。これが、その後、自律の尊重、慈悲、正義、無危害といういわゆる医学倫理の四原則につながった。ここでは、患者の自律が中心に据えられている。患者の自律性とは、英国において患者は、たとえそれが死につながるとしても、さらなる治療を拒否する法的権利があることを意味する。言い換えれば、私たちは死を選択することが許されているのであるが、どのように、いつ、どこで死ぬかは選べない。それを決められるのは医師だけだ。しかし、改革を先導した判事デニング卿がかつて述べたように、イギリスにおいて自死幇助の違法性とは、違法ではないことをしようとする人を助けることが違法であることを意味する。これはずいぶんと非論理的な話ではないだろうか？

現在、ベルギー、カナダ、スペイン、ニュージーランド、ドイツ、アメリカのいくつかの州、オーストリア、オランダなど、多くの国が自死幇助を合法化し、このリストは着実に長くなっている。国ごとに満たすべき基準が異なり、それを実行する方法も異なる。オランダでは致死注射が使われることがあるが、カリフォルニア州では患者が自ら混合薬物を摂取しなければならないという規定がある（この規定によって、自力での薬物摂取が困難な麻痺患者の自死幇助を可能にするために数々の不合理な問題が生じている）。自死幇助は、患者に耐えがたい苦痛があるか、患者の終末期予後が六カ月未満であるという条件を満たせば認められる。合法化されている法域のほとんどでは、独立した専門家が申請内容を審査する必要があり、申請が認められるまでに数週間かかる。要求があったからといって審査なしで自死幇助を許可する国はない。最近オランダでは、終末期の診断や耐えがたい苦痛という条件を満たさなくても、当事者が人生を「全うした」と考えれば、それを根拠として自死幇助を認めるべきだという運動が行われているが、これまでのところ、この運動は成功していない。

イギリスでは、影響力のある少数派——とくに、緩和ケアを専門とする上級医、障害者の権利を擁護する活動家、国会議員の一部――が、いかなる形であれ自死を幇助することに強く反対している。彼らのほとんどは信仰を持っているのではないかと私は思っているが、もちろん彼らの信仰はこの議論とは無関係である。この点に言及すれば、理性よりも感情に訴える議論になってしまい、個人の主張の動機を理由に、主張自体の妥当性とは関係なくその人の主張を批判することになりかねない。汚職の嫌疑をかけられた政治家は、必ずこの手を使い、自分に対する告発は「政治的動機による」と言うが、実際には汚職とは関係のない話である。

イギリスでは、何度も世論調査が行われ八〇パーセントという過半数が自死幇助の合法化を支持していることが明らかにされているにもかかわらず、二〇一五年、自死幇助を合法化する法案は下院で否決された。下院で行われた討論の議事録には、読むに堪えないような内容が含まれている。たとえば、ある議員は、自死幇助に使用される薬物は患者を窒息させるものであり、「苦痛をもたらす野蛮な」薬だと主張しているが、これは完全な嘘か、とんでもない無知の産物である。別の議員は、自死幇助を反対する立場から、よく引用される数字を出している。自死幇助が認められているオレゴン州の世論調査では、自死幇助を希望する人の五〇パーセントが、その理由として「家族の重荷になりたくないから」と回答したというデータだ。その議員は、これを根拠に自死幇助は受け入れられないと述べたが、同じ世論調査で、それよりはるかに多くの人々が、死に関する自律性の喪失の方をもっと懸念していることが示されているのだが、彼はこちらの結果には触れなかった。私には、この「重荷」に関する議論をむしろ不思議に感じている。私は家族を愛している。だからこそ、彼らの重荷にはなりたくない。彼らも私を愛してくれているし、おそらくは私が望む以上に私の世話をしたいと思うだろうが、一方で彼らは私が苦しむことも望まないし、引き延ばされた悲惨な死という悲しく苦しい思い出を残されることも望んでいない。しかしこれは、一定の法的保護のもとで、私たちが自分で解決すべき問題であり、聖人ぶった国会議員や信心深い医師から、私たちにいかに生き、いかに死ぬべきかを教えてほしくはない。加えて、これは私の個人的な経験からの印象だが、患者が死を覚悟している場合であっても、家族の方があきらめられないというケースがとても多い。なんといっても、後に残されるのは家族なのだ。死は、一人の人生が終わるというだけではなく、残された人々の悲しみに満ちた人生でもある。

多くの国で自死幇助が合法化されているということは、実際にそれが機能することのエビデンスである。最近まではエビデンスがなかったので、この問題に対するさまざまな仮説を否定する方法がなかった。しかし、いまや状況が変わり、この国の反対派の意見には実体がなくなっている。

自殺は違法ではないので、自死幇助に反対する人々は、患者の自律性を根拠に反対の主張を展開できず、新しい発想を必要としていた。つまりそれは、多くの医師、親族、医療従事者が、弱い立場にいる人々に自死の手助けを頼むように説得したり、圧力をかけたりしているという主張である。「弱い立場にいる」とされているのは、死が近い人、障害者、高齢者である。反対派によれば、自死幇助を合法化することにより社会は腐敗し、弱い立場にいる人々の命は全体として価値が減じられる。しかし、彼らはこの主張を裏づけるエビデンスを一切提示できていない。そもそも、この説は信じがたいと私は思う。それは完全に仮定の話であり、自死幇助が認められている国で現実に起こっている事実によって実証されたものではない。しかも、法的に確保されている安全策の存在には触れようともしない。この主張は、喫煙禁止に反対するタバコ業界のロビイストや気候変動による未来の大惨事への緩和策に反対する化石燃料の関係団体が長年用いてきた理屈とよく似ている。目的は疑念を植えつけることである。そして、この手の理屈は、自分の言い分を助けるエビデンスがないときやエビデンスが自分に不利なときに使われる。

老いた親や祖父母は、厄介払いや財産狙いのために家族から邪険にされて自殺に追いやられ、家族のあからさまな態度や虐待、無視によって、死んだ方がマシだと思うようになる、というのが反対派の言い分である。要するに、もしごく簡単に自殺ができ、あまり苦痛もないとすれば、弱い立場にいる人々は、自分が重荷になっているとか、自分の人生が惨めだと思い込まされて死にたくなるというわけだ。この理屈には、「死ぬ権利は、死ぬ義務になる」というもっともらしいキャッチフレーズもついている。しかし、こう主張する人は、結果として「死ぬ権利がなければ、苦しむ義務が課される」という推論を導くことがわかっていない。自死幇助が許される国々で反対派が主張するような問題が起きているというエビデンスは存在しない。社会のより大きな幸福のために自死幇助を求める老人の列はどこにあるのだろう？　それとも、反対派の人たちはイギリスにおける患者の家族や医療従事者は特別に冷淡な人々だと本当に思っているのだろうか？

自死幇助を禁止することで、思いやりのない社会や残忍な介護者を阻止するというのも奇妙な考え方だ。高齢者に対する虐待は確かに私たちの社会で起きているが、自死幇助に付随する安全策は、現行の制度よりも（あるいは制度がないことよりも）、このような虐待をあぶり出し、防止するのに役立つだろう。安全策はさまざまな形をとるが、原則として、独立した専門家が自死幇助の申請者に関して証明すべき要件は、意思能力があること、臨床的にうつ状態と診断されていないこと、他の選択肢もあると認識していること、強制されていないことである。年を取り体が弱っている人が、その迫害者によって自殺に追い込まれているとして、独立した専門家がそのことを見抜けないほど、彼らが迫害者を恐れているということがあるだろうか？

自死幇助の合法化は、ホスピスケアを減らす口実に使われるという主張もある。これもまた、自死幇助が認められている国では証明されていない仮説である。自死幇助は、緩和ケアの一部と見なされるべきであり、緩和ケアと対立するものではない。実際、それが合法化されている国では、そのように理解されている。瀕死の患者に大量のアヘン剤を処方すると、呼吸障害を引き起こして死を早めるおそれがあるのだが、イギリスでは、医師がこの行為を行うことは完全に合法とされている。その意図は、殺すことではなく苦痛を和らげることなので、自死幇助を禁じる自殺法は適用されない。知り合いの緩和ケア医に確認したところ、この「終末期セデーション」〔終末期に、耐えがたい苦痛の緩和の目的で鎮静剤を投与して意識水準を下げる医療行為〕が使われることはめったになく、使われるとしても、必ず前もって親や家族と話し合いをするという。何年も前、私が若い医師だったころにはなかった対応策である。死を早めるかもしれない、しかし、死の訪れにより確実に終わる苦痛の緩和治療を患者が選べるとすれば、なぜ彼らはゆっくりとではなく、速やかに死をもたらす治療（すなわち、自死幇助）を選択できないのだろうか？

　反対派の人々はオランダを引き合いにだして、自死幇助を認めることは、危険な道への第一歩だと言う。彼らは、あまりにも多くの人が早すぎる死を迎えていると指摘する。近年、幇助による死はわずかに増加している。反対派は、これは嘆かわしい状況であり、どんな形であれ自死幇助を合法化すれば、避けられない結果だと言う。オランダの状況が嘆かわしいものかどうかは意見の分かれるところだが、自死幇助が合法化されている他のすべての法域では同様の増加は見られない。それはすべて、法的な安全策をどのように策定するかの問題であり、同時に国の文化の問題でもある。オランダ人は率直にものを言うことで知られており、イギリス人のように、難しい議論を敬遠したりはしない。

　私と同年代の人の多くは、両親の少なくとも一方が高齢に伴う認知症になっている。私の父は、一〇年以上にわたって悲しい下降線をたどった末、九六歳で死んだ。たいていの人は自分が同じ状態になることを恐れているが、いざその事態に直面すると無力感にうちひしがれるばかりだ。自死幇助はほとんど役に立たない。なぜなら、それが合法化されているすべての国で、自死幇助は、それを求める人が意思能力を持っていることを条件としており、認知症ではこの条件を満たせない。認知症によっては、まだ意思能力がある初期段階で診断できる場合があり、イギリス人の中には、このような診断を受けてディグニタスに頼る人もいる。ただ、そこまで思い切った行動を取れる人は、おそらく尋常ではない覚悟と決意を持っているはずだ。オランダでは、認知症により意思能力を失ったときに自死幇助の対象として考慮してほしいと事前指示書で申請できる制度もある。しかし、オランダでこの処置を実行しようとする医師はめったにいない。自分に置き換えて考えると、がんを生き延びて認知症になったら、私も自死幇助を望むはずだが、それでも、医師として認知症の老人に致死性の注射を打つことができるとは思えない。認知症になった私は、植物状態で悩みもなく（そうではないかもしれないが）、死にたいなどとは毛ほども思っていないかもしれないのだ。この問題に対する簡単な答えは見つからない。自死幇助は、その反対派の人々が何を主張したとしても、増えつづける認知症患者の問題とはほとんど関係がない。

中絶と自死幇助に対して並外れた熱意を持って反対する人々の多くが信仰を持ち、死後の世界を信じていることに、私は常々論理的に納得できないものを感じていた。私たちの命が死後もつづくのであれば、中絶も自死幇助も絶対的な悪ではないのではないか？　もし死後の世界で本当に天国の饗宴が待っているなら、なぜそれを遅らせる必要があるのか？　まるで彼らは、自死幇助はずるいとでも考えているかのようだ。私たちの魂が生まれ変わるためには苦しんで死ぬ必要があり、ゆっくりと苦しみながら死ぬことが「自然」だと思っている節がある。中には、トルストイが『イワン・イリッチの死』という小説で描いたように、死ぬことは超越的な体験だと主張する人さえいる。どうにも気分が悪い話だ。そこに何らかの超越的なものがあるならば、それは死にゆく者によってではなく、その目撃者によって享受される可能性が高い。溺れたり心臓発作を起こしたりした後に蘇生した、あるいは高所から雪の積もった木の上に落ちたことで「臨死体験」をした人々が語った超越的な体験は、おそらく、完全に覚醒した状態で突然に死を確信したときだけ訪れるもので、ベッドに横たわりながら長々とつづく死とはまったく異なる。

死を恐れていると、死を直視することが難しく、どのように死ぬかを交渉の余地のない神の定めとしてでなく、法律によって規制できる実際的な選択の問題として考えることがとても難しくなる。私たちは誰でも死を恐れるが、信仰を持つ人々にはさらなる恐れがある。彼らは、自分の信仰が間違っているかもしれないし、人間の魂や本質、あるいは死後の世界など存在せず、死は終点で後には何もないかもしれないからだ。あるいは、私たちは脳であり、脳は体と同様、物質、原子、素粒子、星の灰や塵でできているのかもしれない。

誰かが自ら選択した安らかで尊厳のある死を実現する手助けをすることは、思いやりと愛に基づく行為である。自死幇助に反対する人々は、もし私の死が大きな苦痛を伴うものであるなら、それに最後まで耐えることが私の義務だと主張する。しかし、彼らは、私の苦しみが他の誰かのために役立つことを示す十分なエビデンスを示してはいない。彼らはまた、誰かが人生を終わらせる支援をすることと、それを奨励することとの間には大きな違いがあることを少しも理解できていない。彼らは、自分たちは思いやりを持っていると言うが、実際には多くの苦痛を引き起こしている。

17

放射線治療を終え、私は以前上級外科医として勤務していた脳神経外科のミーティングに再び出席するようになった。最初のうちは非常に居心地が悪かったのだが、しだいに医師としての自分——ただし、患者を治療するのではなく教える立場として——に引き戻されていくのを感じた。新型コロナウイルス感染症のパンデミックによって、ネパール、ウクライナ、アルバニアを中心とした海外での仕事がなくなり、少し退屈を感じ、朝ベッドから出るのがおっくうにもなっていた時期だった。たいていの外科医と同様、私も後進の指導は外科手術に不可欠な要素だと常々思っていた。手術は実践的な技術であり、師匠と弟子の関係は深く充実したものになることがある。私はそんな機会が失われたことを寂しく感じていた。以前は好きでたまらなかった手術のことは全然懐かしくないのに。私の知る引退した大勢の外科医のように、私も長年にわたって治療してきた数多くの患者よりも、研修時に指導した外科医たちの輝かしいキャリアを誇りに思っている。偉大な伝統の一翼を担えることは、大きな特権だ。外科医として行うすべてのことは、手術をしているときにはとても個人的な行為に感じるかもしれないが、それは無数の先人たちが行った仕事の集大成なのである。あなたは小石の山の頂上に立っている。運がよければ、あなたも自分の小石をいくつか追加できるかもしれない。

何年も前、私は脳神経外科で朝の定例ミーティングをはじめた。そのミーティングではシニアドクターとジュニアドクターが顔をつきあわせて、対応すべき当面の症例について話し合う。これは、患者に関する詳細情報を医師から医師へと伝える「引き継ぎ」ミーティングとは一線を画するもので、患者の診断や治療方法、さらには意志決定について話し合った。このミーティングの本旨は教育とチームの育成であり、事実や数字を読み上げるだけの場ではない。オンコールのジュニアドクターが症例を発表し、次に、私がオーディエンスのジュニアドクターたちに診断やその患者の管理に関する質問をする。医師が患者の病歴について話すとき、重要なのはストーリーである。私はこのセッションを大いに楽しんだ。

患者の症状と身体検査で見つかった「兆候」というストーリーから診断を組み立てていくのは創造的な行為である。一つのストーリーができあがった後、検査画像を見て自分たちが正しかったかどうかを確認する。私はけっこうな頻度で間違いを犯したが、私でも見誤ることが少なくないと示すことも大切なポイントだ。今私はがん患者という立場で後進を育てており、研修医に医師と患者との距離がいかに大きいかを説明し、彼らが患者に対して力を持っているからといって過信することのないようにと戒めている。その昔私が研修を受けていたとき、患者との話し方について教わった記憶はないが、少なくとも現在の学部および大学院の医学研修ではコミュニケーションについて教えている。

患者が意識を失い死の淵に立っていることを示す脳画像を見たときに私がよくする質問がある。

「患者の家族には何と話す?」

「私なら、こう言います。予後は思わしくなく、えー、頭蓋内圧が高く、えー、脳に偏位が見られ……」。研修医は話しはじめるが、たいてい私は口を挟む。

「おいおい、ちょっと待ってくれ」、大きな声をあげる。「どういうつもりだ？ 家族には、まったく意味がわからんぞ」。それから私たちは、悪い知らせをいかに正確かつわかりやすい言葉で伝えるべきかを話し合う。「必ず座って話せ」、私は言う。「たとえ忙しいときでも、決して急いでいるそぶりを見せてはダメだ。そして、シンプルに話すこと。できるかぎり少ない言葉で伝える。沈黙を恐れるな」

この種のミーティングの進め方にはコツがある。私は、自分がうまく舵を取れていると思いたいが、あまりしゃべりすぎて威圧的にならないように注意しなければならない。質問をするとき個人を名指しするべきなのだが、今は科に三〇人もジュニアドクターがいて、パンデミック対策のためマスクで隠れた顔を見分けられないことに加えて、それぞれの名前を覚えることもできない。名指しせずに質問を投げかけると、たいてい沈黙が待っている。私の質問を受けて、話を聞いていなければ屈辱を味わうことになるのが恐ろしくて、ジュニアドクターたちは注意を払うようになる。ジョークを言い、過去に犯した失敗談を話すことも重要である。シニアドクターとしてなすべきもっとも重要な使命は、自分が犯したミスを後輩が避けられるように手助けすることだ。

しかし、朝のミーティングに戻ることには代償が伴った。今の私は、かつての並外れた冷静さを持っていない。ミーティングでは、前立腺がんによる進行性麻痺がある老人の症例がしばしば取り上げられる。いずれ近いうちに、私の名前が検査画像に記載され、私の終末期について臨床ミーティングで語られる日が来ると思うと、気分が悪くなるような恐怖と不安に襲われる。

引退する少し前に、オックスフォード運河のほとりにあるうち捨てられたような水門管理人のコテージを買った。ロンドンの家を引き払って、ケイトの住むオックスフォードに住む計画があったからだ。私は一〇歳になるまでオックスフォードで育った。ケイトは、長年、市の中心部にアパートメントを構えていたが、そこには私のツール類や本を置くスペースがなかったので、そのコテージにこれらを置くつもりだった。しかし、コロナウイルスとがんがこうした計画を完全に狂わせた。私には三人の子どもと三人の孫娘がいて、全員ロンドンに住んでいた。そして、人生の終盤を迎えて、私もたいていの人たちと同じように家族のそばにいたいと思ったのだ。子どもたちがまだ小さかったころ、私はいつも仕事を優先して、子どもたちをないがしろにしてきた。私はこの過ちを、孫娘たちに対して繰り返したくはない。しかし、心境の変化のせいで、ほとんどの時間空っぽになっている二つの家を持つことに違和感を覚えるようになってきた。世界中を飛び回って、教育や講演に費やす日々を終わりにしなければと決心したときと同じだ。そこで、ロンドンの私の家を売るのではなく、コテージを売ることにした。七年間、コテージの改築のために懸命にがんばってきたのだが。

この決断をした後、コテージに行くたび——他に適当な道がないので、たいていは曳舟道に沿って自転車で向かう——ここを放棄することにとくに寂しさを感じない自分に驚いていた。むしろ私は、コテージを救い出し、新しい命を与えたことに深い満足感を覚えていた。私の死後もずっと他の人たちがそこに住むことになるだろう。それは、残された私の時間にそこから得られるどんなものよりもずっと重要に思える。

私がコテージを買って最初にしたことは、コックス・オレンジ・ピピンという品種のリンゴの木を六本と「ペルシアグルミ」というクルミの木を一本庭に植えることだった。また、何百個というスイセンとチューリップの球根も植えた。孫たちのために、日本の「鳥居」をイメージして真っ赤なブランコを作った。それは、葦が茂り白鳥が遊ぶ湖に面していて、遠くには鉄道の盛土が見える。浅瀬にはたいていサギが彫像のように佇んでいるのだが、私を見るとすぐに羽を広げて飛び去っていく。

庭には、錆びて黒くなった波形トタンで造られたボロボロの納屋が二つあった。今ではめったに見ないスタイルだが、私は気に入っている。私は建築業者を雇って一方を解体し、元の波形トタンに数枚のプレートを追加して、頑丈な床の上に納屋を建て直した。壁に木製の棚を設置し、いずれ美しく花開くことを願いながらつるバラを植えた。ここは、ロンドンの家に代わる私の新しい仕事場になるはずだった。

最近コテージを訪れたとき、かなり苦労して仕事場に重い両開きのドアを取りつけた後、自転車で曳舟道に沿ってケイトのアパートメントに戻った。オックスフォードの市街地の上空で怒れるスズメバチのようにヘリコプターがホバリングしていた。

「ハイストリートで「ローズ・マスト・フォール」のデモをやっているって」と私が帰宅したときケイトが言った。セシル・ローズ――一九世紀末のイギリス帝国主義者で人種差別主義者――は、彼がかつて通っていたオックスフォードのオリオル・カレッジに巨額の寄付をしていた。その関係で、ハイストリートにあるオリオル・カレッジの切妻屋根の下にはセシル・ローズの小さな石像が立っている。今日まで、私はそれに気づいていなかった。

「像を攻撃するなんてバカげてるよ」。私は言った。

私たちはこの件でしばらく議論した。ケイトは、奴隷を所有し人種差別主義者であったローズに対して行動を起こすことについて全面的に賛同していた。私は、はっきりとした終わりが見えない危なっかしいやり方だし、像を撤去したところで、過去を元に戻すことはできないという意見だった。どこで線を引くべきなんだろう、と私が聞くと、彼女は、私たちはどこかに線を引くし、どこにそれを引くべきかを話し合うことができる、と応じた。

その夜は腹立たしいような気持ちでベッドに入った。ケイトと私はめったに言い争いをしないのだ。そうするとき、たいていいつも正しいのは彼女の方だ。すごくイライラすることもある。

がんと診断されて以来、私はぐっすり眠れず夜中に目を覚ますようになっていた。これがホルモン療法の影響なのか、死に至る可能性の高い病気になった不安と不運のせいなのかはわからない。単に年のせいという可能性もある。寝つきはいいのだが、真夜中に目が覚めて一時間ほど眠れない。しかし、やがて私はこれを受け入れることを学び、孫たちのためにおとぎ話を作って時間をつぶしている。そうしていれば、たいていいまた眠りにつける。これは、自分に向かって寝る前のお話を読み聞かせているようなものだろう。ケイトとの口論の後、私は悪夢を見て早朝目が覚めた。夢の中で私は、かつて家族でオックスフォードから引っ越したロンドンの家にいた。

それはクラパム地区に建てられたクイーン・アン様式のテラスハウスだった。私たちがオックスフォードから引っ越した一九六〇年代のクラパムはファッショナブルとはほど遠いエリアで、だからこそ父もその家を買えたのだろう。それは、いくつかのワンルームを含むアパートで、少なくとも六つのバスルームがあったため、私たちが入居する前にそれらを撤去しなければならなかった。

とても美しい家だった。地下室つきの三階建てで、部屋の天井は高く、背の高いサッシ窓からクラパム公園を見渡せた。部屋はすべて板張りで、床には幅の広い床板が使われ、それぞれの部屋に暖炉と美しい鋳鉄製の火カゴが備わっていた。ねじったようなデザインの手すりがついたオーク製の大階段があった。認知症の父をその堂々とした家から近くのアパートメントに移し、家を売却してから二〇年たった今でも、私は心の目で各部屋を歩き、すべての細部を思い出すことができる。床板のきしむ音、彫刻が施された階段の手すりの感触、父の書斎の本の匂い。

夢の中で私は、家の最上階にある自分の部屋にいた。さっき私が暖炉に火を入れたのだが、ふと気がつくと火が燃え広がり、家全体が炎に包まれようとしていた。床板の裂け目から下を見ると、火が猛烈な勢いで燃えさかっていた。まるでマグマが渦巻く火山をのぞき込んでいるようだった。私は必死の思いで、小さな水差しの水を火に注いだが、炎はますます激しくなった。めったに悪夢は見ないのだが、悪夢を見るときはたいてい自分が夢を見ていることに気づいて目が覚める。その日も私は目を覚ましたが、悪夢がもたらした強い不安が朝までずっと私にまとわりついていた。

その夢は、特権的で裕福な人々の多くが心の奥で感じている、自分よりも恵まれない人たちに対する恐怖――人によっては罪悪感も含まれる――を表しているように私には思えた。意識下の私はケイトの主張を受け入れることを拒否していたが、眠っている無意識下の私がそれを受け入れて、あの夢のストーリーになったかのようだった。夢について考えていると、その問題に対する私の考え方や思いがすっかり変わったことに気づいた。

子どものころ私は、イギリスの産業革命とナポレオン時代のフランスとの戦争に資金を供給する上で奴隷貿易が重要であったと学んだ。これは大昔に起こったことであり、現代の社会とは何の関係もないと私は教わった。しかし、イギリスに住むすべての奴隷の子孫や他の被支配人種の子孫、さらには私と同じイギリス人たちのことを思うと、私の見方はまるで違ってくる。なぜ彼らは、先祖を虐げた者が、その罪を一切認めることもしない中、その抑圧者を賛美する石像を見なければならないのか？　現政権が私たちに求めているように、私たちが母国の歴史に誇りを持つのであれば、同様に、恥じるべきところは反省することも必要ではないだろうか？

そして、戦争や内戦で荒廃した国々から逃げ出して、英仏海峡を渡り、あるいはポーランド国境で凍えながら絶望的な思いをしている移民がいる。彼らの祖国で使われる武器の大部分は、「先進国」によって製造され、戦争の原因は、いわゆる文明が必要とする鉱物資源を巡るものであることが多い。誇るべきものがどんどん少なくなっていくのを感じた。

気候変動の結果、海面が上昇すると、将来の移民の波は、現在とは比べものにならないほど大きいものになるだろう。私の孫娘たちは、私とは完全に異なる世界で生きることになるのだ。

18

新型コロナウイルスの感染拡大にともなうロックダウンによりズームとフェイスタイムが普及し、三人の孫娘にiPhone経由で読み聞かせすることができるようになった。私は二年間ほぼ毎晩そうしていたし、今もつづけている。ときには、読み聞かせの途中で、やむをえずその場で話を作らなければならなかったこともある。

軽い気持ちではじめたが、既存の作品に似た内容になることが多くて少し恥ずかしい気もした。しかし、そもそも、人が創る物語は、ヒーローまたはヒロイン、探究、変容、帰還という、いわゆる「モノミス論」〔単一起源神話理論〕の要素を中心とした、かぎられたテーマしかないと言われている。私の物語の主人公は言うまでもなく一人の少女だが、脇役が大勢登場するので、何カ月かたつと、それぞれの名前を思い出すのが難しくなった。幸い、孫たちも私と同じように覚えていないことが多かったのだが。

主人公には、オレーシャという、ウクライナ人の名前をつけた。問題を抱えた辺境の国ウクライナを私が愛しているからだ。オレーシャはウクライナ人の叔母といっしょにイギリスの家に住んでいる。どうして二人がイギリスに住むようになったのか、彼女の両親に何が起こったのかという背景は曖昧なままである。子ども向けの物語では、たいていの場合、親たちの存在は邪魔になるので、なるべく早い段階で排除する必要がある。オレーシャの寝室には、満月の真夜中にだけ開く魔法のドアがある。月の光が寝室のオーク材の床板を横切って魔法の扉までの道を照らすように、空は雲がなく澄み渡っていなければならない。扉はたぶんカルパチア山脈で生まれた。曇っているときに扉が開くかどうか私にもわからないのだが、幸いそういうことはなさそうだ。

扉を開けると、妖精の国のお花畑が広がり、妖精の城へとつづく道がのびている。

私の物語は最初のうちはシンプルでわかりやすいものだった。たとえば、邪悪な雨の魔女がひっきりなしに妖精の国に雨を降らせて洪水を起こして妖精の城を危険にさらす。オレーシャは魔女と対決する旅に出る。その途中でおしゃべりな魔法動物に出会い、雨の魔女を倒すための魔法の武器を授かる。オレーシャはカンチレバーの原理を利用し、木の幹とロープを用いて峡谷を渡る橋を架けた。峡谷の底には腹を空かせたワニがいる。ワニたちはバナナに強い執着があるので、橋を作るときにはバナナを使ってワニの気をそらせた。幸い、近くにはバナナの木がたくさんあった。雨の魔女の住まいは、らせん状に上昇する三次元迷路の中心にあるドールハウスだ。魔女は、自分を小型化してこのドールハウスに住んでいる。親切なヘビにもらった、壁を透視できる魔法の道具は、迷路を通り抜けるのに大いに役立っている。雨の魔女はバスタブをベッドにしていて、上方のシャワーからは常に水が出ている。オレーシャは魔法のトラの助けを借りて自分を小型化し、バスタブの栓を抜いて雨の魔女を倒した。それから彼女は、別の魔法動物からプレゼントされた電池式のヘアドライヤーで雨の魔女を臭い緑色の塵に変える。その後わかったことだが、雨の魔女には邪悪な魔法使いの弟がいて、太陽の光を遮る大きな発煙機を使って妖精の国に復讐していた。オレーシャは、妖精の国に住み、レッドドラゴンのラズベルが率いる優しいドラゴンたちに助けてもらいながら、雨の魔女の弟をやっつける。

妖精の城の屋根裏部屋には大きな図書館があり、役に立つ本がたくさんある。オレーシャの友だちクリスタベルは、親のないユニコーンと暮らしているのだが、ユニコーンは恐ろしい垂れ角病を発症していた。ユニコーン――私のうろ覚えの記憶ではフロリンダと呼ばれていた――は、自分の病気をひどく恥じて、人前に出たがらず、自分のコテージに隠れている。しかし、運よくオレーシャが『ユニコーンと病気』という題名の本を見つけ、おかげでフロリンダの病気は治るのだが、どうやって治したのかについて私はよく覚えていない。その後の話で、孫娘たちは、フロリンダが両親といっしょに流氷の上に立っていたときに、地球温暖化の影響で流氷が崩れてフロリンダが孤児になったことを知る。

ある物語では、レッドドラゴンのラズベルが激しく落ち込んで、ドラゴン城の自分の部屋から出ようとしなくなった。彼は美しいホワイトドラゴンのエドファをどうしようもないほど好きになってしまったのだが、エドファの家族はひどい差別主義者で、エドファがレッドドラゴンと結婚するなど、絶対に許しそうになかったのだ。ホワイトドラゴンは氷河の下に住んでいて、氷の怪物からの残忍な攻撃にさらされている。オレーシャとラズベルが氷の怪物を打ち負かすと、ホワイトドラゴンたちは偏見を捨て、ラズベルとエドファは結婚できることになる。

物語の数にかぎりはなく、移動できる方向も自由に決められた。海や砂漠を横断したり山に登ったりすることができるが（実際、オレーシャは何度もそうした）、それより上や下にも行ける。海の怪物が人魚をさらい、海の底にある自分の庭に生きた彫像として鎖でつないでいるというストーリーもあった。オレーシャは、さまざまな物語の中でしだいに存在感を増しているエンジニアの妖精インギニアが作った潜水艦を使って人魚を救い出し、海の怪物を倒した。インギニアはほとんどどんなものでも作ることができる。たとえば、インギニアの作ったトンネル掘削機のおかげで、オレーシャは大地の妖精のところへ行くことができた。大地の妖精がやたらと大地を掘るせいで、妖精の国に穴ができ、妖精の城が陥没しはじめたのだ。オレーシャは大地の妖精たちに、坑道の支柱を使ってトンネルを補強する方法を教えた。大地の妖精の王は、褒美として彼女にエメラルドとルビーを与えた。地下世界にいるとき、オレーシャは、はるか昔、そこに閉じ込められ飛ぶ能力をなくしたドラゴンの種族を見つけた。彼女はトンネル掘削機を使い、ドラゴンたちを地表に連れ戻した。ドラゴンは地下世界にいる間に飛び方を忘れてしまっていたので、オレーシャの友だちのラズベルが彼らに飛び方の手ほどきをした。オレーシャはラズベルにエメラルドとルビーを贈り、ラズベルは首にかけたチェーンにそれをつけた。

しかし、このとき私はうっかりして教訓の機会を逃した。ドラゴンたちを絶滅したドードー鳥のように飛べなくして、ダーウィンの自然淘汰の原理を孫娘たちに話すべきだった（もちろん、地上にあがれば、彼らの退化した翼はすぐに復活し、便利な魔法で進化を逆転できたはずだ）。ドラゴンに乗ったオレーシャとクリスタベルは、空に住んでいる灰色の優しい目をした雲の生き物に会うことができた。雲の生き物は、少女たちが地中に沈んでいた若い雲の生き物を助け出してくれたことにとても感謝していた。二人は、インギニアが作ったポンプを使って、しぼんでいた雲の生き物を膨らませて、空に戻してあげたのだ。巻雲と積雲が、どちらが空の一番高い場所に住むべきかを巡って大げんかしていたときには、オレーシャが両者の仲裁人をつとめたこともある。しかし、想像力が尽き、午後七時の就寝時間が近づくころ、口下手な雲の生き物があまり言葉をかけてくれないことに孫娘たちはがっかりし、その物語は終わりを迎えた。

また、インギニアはオレーシャが月に行けるように宇宙ロケットを作ったこともある。妖精の国の月は、オレーシャの世界の月とはまったく違う。そこには月の妖精と長くてふわふわな尻尾を持つ蝶がいる。それは、月にネズミがはびこったとき、オレーシャが生物学的手段でネズミを駆除しようとして失敗した結果だった。細かい経緯は省略するが、チーズが関係している。彼女は、月の暗黒面（と言っても、もちろん本当に暗いわけではない）に巨大な宇宙望遠鏡を作り、そこで彼女は純銀の毛皮を持つ月のクマ、フォンドロックと出会い、望遠鏡を使っていっしょに宇宙を探検した。フォンドロックはチョコレートが大好きで、ついにチョコレート中毒になってしまった。しかし、オレーシャに助けてもらい、彼は悪習を断ち切った。

モノミス論には反するが、冒険によってオレーシャが変容することはなかった。代わりに、物語が変容した。つまり、少なくとも、魔法がエンジニアリングと混ぜ合わされた。エンジニアの妖精インギニアは、彼女の探検において魔法に近い結果を出した。妖精の国の王と女王は、妖精の国がエイリアンに侵略されたとき、リーダーシップを発揮できず、この状況を救ったのはオレーシャだった。その後革命が起こり、インギニアが民主的に妖精のリーダーとして選出されたのだが、孫娘たちは、私の反対にもかかわらず、インギニアを妖精の女王と呼ぶことにこだわった。

孫娘たちは、ラズベルとエドファの子どもで、卵からふ化した七匹の赤ちゃんドラゴンの物語をとくに気に入っていた。二匹は赤、二匹は白、一匹は白地に赤い水玉でもう一匹は赤地に白い水玉という外観で、それぞれオスとメスのペアになっている。七番目の赤ちゃんはピンク色で性別ははっきりしないが、他のすべてのドラゴンからとても愛されていた。

オレーシャとクリスタベルは、卵、そしてふ化してからは赤ちゃんを救い出さなければならなかった。というのも、赤ちゃんドラゴンの皮で作られたファッショナブルなハンドバッグが欲しくてたまらない邪悪な魔女が何度となく卵や赤ちゃんを狙ったからだ。魔女たちは、歯のない曲がった鼻の老女ではなく、若くて美しく、おそろしくうぬぼれが強かった。二人の少女は魔法の剣を持っていたが、私としては物語に過度な暴力を持ち込みたくはなかった。有名な童話の多くでは極端な暴力が重要な役割を果たしていることは承知していたが。だから、私は妖精の国にルールを適用することにした。

約束をして、それを破ったら死ぬというきまりだ。このルールに従って、オレーシヤとクリスタベルは、誰の首も斬り落とさずに（ただし、目に余るほど不快なゴブリンの斬首はたまにあったが）多くの不正を正した。

おとぎ話は過去からの逃避なのか、あるいは未来のための準備なのか？　おとぎ話は遊びの一形態であり、子どもや幼い動物の遊びは普遍的なものだ。幼い動物たちがいっしょに遊んでいるのを見たとき、誰でも動物にも私たちと同じような感情があると思ってしまうのではないだろうか？　進化は幼い子どもを遊び好きにした。私たちの脳は遊びなしでは発達しないからだ。それは、一種の独立準備であり、同時に世界の不思議と、存在しない世界を想像する私たちの能力への祝福である。

神経科学によれば、現実とは、私たちが生き残り、繁殖するために認識する必要があった外界の側面のみに基づいて脳が構築した建造物だという。私たちは世界の模型、言い換えれば一種の物語の中で生きている。夢のプロットや物語に感じる強い思いは、まるで意味がないものかもしれないが、物語によって世界を理解することは、人間として重要な力であると思う。おとぎ話には実際には起こらないことが書かれている。だから、その最後はたいてい、「そしてみんな、いつまでも幸せに暮らしましたとさ」で締めくくられるのである。

19

がんと診断されてから一年が過ぎた。今や私は大いなる下層階級である患者の仲間入りを果たしている。治療はできるが不治の病を持ちつづけるであろう患者の人生は医師により支配されている。私たちの生活は、宙ぶらりんな状態のまま、スキャンに次ぐスキャン、そして血液検査に次ぐ血液検査の日々がつづいていく。それでも、私の年齢を考えれば、一般的な人の生活とほとんど変わりはない。いずれにせよ私の人生は終わりに近づいているのであり、治癒するということは、何か別の病気で死ぬことを意味する。

ただ、その原因ががんであっても、あるいはがんの治療に成功して治ったとして、私が死よりも恐れている認知症だったとしても、自分の死が近いという現実を受け入れるのは容易なことではない。二つの可能性を比較すれば、がんで死ぬ方が確実にマシだ。とはいえ、この比較は簡単でもなければ心安まるものでもない。仮に私ががんで死ぬことになり、それが苦痛に満ちた死であるなら、間に合うタイミングで自死幇助がこの国で合法化されていてほしいと思う。そうすれば、いつ、どこで、どのように死ぬかを、ある程度自分で選択できる。しかし、あれこれ言っても、私は私に根づいた生物学的な楽観主義——それゆえ進化は祝福と呪いをもたらす——からなかなか逃れられないでいる。それは、すべてがうまくいき、何らかの形で私は救われ、死を避けることになるという筋書きだ。コロナウイルスのパンデミックに対する私の当初の無頓着さ（他の多くの人々も同様だが）にも、同じ愚かさがあったと思う。最悪なのは、次々と明らかになる気候変動の破滅的状況の中でその愚かさが露呈されていることだ。私たちは、手をこまねいていれば何が起きるかを正確に理解していながら、効果的な手段を講じてこなかった。私と同年代の人の多くと同じように、私も孫たちを待ち受ける未来や私の世代が彼らに残す荒廃した地球のことを考えるとひどく胸が痛む。だが、私たちは楽観的でありつづける義務がある。楽観的でなければ、そして悲観的になったせいで何もしなければ、最悪の事態が確実に起こる。

午後九時、外が暗くなり星が見えはじめたころ、私は建築資材を運ぶために使っているボロボロの小さな四輪の荷車を引きながら、水門管理人のコテージから曳舟道に沿って歩いた。しかし、その日の私はクッションと毛布を荷車に積んでいた。運河に向かう小道が突き当たる昇開橋のところで娘一家に合流した。孫娘たちは嬉々としてカートに乗り込み、毛布の下にもぐり込んだ。それから私は、カートを引いて曳舟道に沿ってコテージまで戻った。コテージのストーブには火がともり、アイロンのかかった洗い立てのシーツと湯たんぽがベッドにセットされている。この準備のために午後いっぱいかかった。上の孫娘のアイリスが軽いクモ恐怖症なので、コテージに住みついた大量のクモにはとくに注意を払う必要があった。女の子たちは、ときどきコウモリが頭上を飛んでいくのを見つけては歓声をあげたり、星を見上げて指をさしたりしていた。彼女たちの目には私よりもたくさんの星がくっきり見えるようだった。私たちは曳舟道の脇に係留された運河用の細長いボートを通りすぎた。その数隻の舷窓には明かりがともり、船内にぼんやりと人影が見えた。運河には低く霧が立ちこめていた。

以前、母が子どものときのもっとも鮮明な思い出を私に話してくれたことがある。それは一九二〇年代初頭の秋、ドイツの田舎にいたときの記憶で、荷台で毛皮のコートにくるまった母は、満天の星空の下、荷車で引かれていたという。祖父母の家にしばらく滞在した後、母のお母さんが、ベルリンの南西アルトマルクにある小さな村ビーレ近くの鉄道駅まで、彼女を連れて行ったときのことだ。母の祖父は地元の医者で、母は仕事をしている祖父をすごい人だと思ったエピソードも私に話してくれた。肩を脱臼した患者の脇の下に空の瓶をはさんで腕を引っ張って肩を整復したことや、大鎌で動脈を傷つけてしまい大量の血を流す農夫を治療したことなどだ。おそらくこうした話が、医師になるという私の最終的な決断に影響を与えたのだろう。それ以前の数年間、母と父にはずいぶん心労をかけてしまったが、私が医師になるという選択をしたとき、母は本当に喜んでくれた。

家のキッチンの壁には、一九二九年にマクデブルクで撮影された一一歳の母と彼女の姉と弟の写真が飾られている。美しい写真だ。私は毎日それを見ている。

彼らはまっすぐにカメラのレンズを見つめているので、白黒写真の中で彼らの問いかけるようなまなざしが部屋のどこにいても追いかけてくるような気がする。私の母と彼女の姉のサビーネはシンプルな白のブラウスを身につけ、弟のハンス・マルクヴァルトはセーラー服を着ている。これは、ドイツでハイパーインフレーションが発生し、母の両親がささやかな財産の大半を失ってから六年後の写真である。世界大恐慌がはじまり、ナチスが台頭してきていた。彼らには、自分たちにどんな未来が待っているのか想像もつかなかっただろう。サビーネは狂信的なナチスになり、私の叔父はドイツ空軍のシュラゲター二六飛行中隊で戦闘機パイロットになった。反体制派についた母は、ゲシュタポに密告され、一九三九年イギリスに逃れた。サビーネは一九四五年のイギリス軍によるイエナへの空襲で亡くなり、ハンス・マルクヴァルトは一九四〇年にケント上空で撃墜された。彼は捕虜として生き残ったが、一度も結婚せず、一九六七年にアルコール依存症で死んだ。

母は何年もかけてゆっくりと自分の回顧録を書き、兄と姉がそれを編集し、自費出版した。それは完璧な英語で書かれていた。私は最近になって母の回顧録を読み直した。実は、これまでちゃんと読んでいなかったのだ。そこには、母の家族、過去、文化、子ども時代の喪失、それも破滅的な喪失が描かれていた。あらゆるものがナチスと戦争によって奪われた。母は、彼女の家族——とても仲がよく、愛情深い家族——には非常に厳格なルールがあったと話す。それは「騒ぎ立てるな」というルールだった。ドイツ語ではこう言う。「Stell dich nicht so an」。それは、彼女がイギリスで四人の子どもたちにある程度まで守らせていたルールだが、唯一私だけは、これに従わなかった。彼女は、執筆の際、自らもこのルールに従って、過去の目を覆いたくなるような状況についてもきわめて抑制された表現で描写している。ただ、そこからは抑えきれない激しい怒りの感情がもれ伝わってくる。

母の本を読んで、私は母ともう一度話がしたいと強く思った。母が認めてくれる形で私が成功したことを伝えて安心させたかった。同時に私は、自分の生活のことで頭がいっぱいで、母がまだ生きているうちに彼女の人生にほとんど関心を向けなかったことに深い悲しみを覚えた。本の中で母は、ゲシュタポの尋問を受けたとき、反ナチスのキリスト教告白教会に属していることを否定したと書いている。用心のため、前の日に会員カードを破り捨てていた。このことで母は、自分の信仰だけでなく、彼女とともに密告されていた二人の仲間も裏切ったと感じていた。二人の仲間は裁判にかけられ、母はその裁判で証人になる予定だったが、母は裁判の前にイギリスに逃れることができた。私は、母が生存者の深い罪悪感にとらわれ苦しんでいたことを母の生前一度も気づいたことがなかったし、それについて彼女と話し合ったこともなかった。

年を取って死に近づいて初めて、自分自身と自分の過去について理解できるようになったのはなぜだろう？　私たちは、親が海へと送り出す小舟のようなもので、世界を一周して、最終的には出発した港に戻るのだが、そのときには両親はとっくにこの世を去っている。

私の母は祖父母を深く愛していた。とりわけ祖父母の庭が大好きで、それを「楽園」と呼んでいた。七〇年後、彼女が八二歳のときに乳がんで亡くなる直前、そのときは母の死期が迫っていたと知らなかったが、兄と私は彼女をマクデブルクの町へ連れて行き、ビーレにも訪れた。マクデブルクは、一九四五年一月一六日の一度の空襲によって大部分が破壊された。母の生家は跡形もなく消え、その家が建っていた通りの痕跡さえなかった。私たちは、七五年前に母が荷車で引いて行かれた道に沿ってビーレまで車を走らせた。アスファルトの横に馬や馬車が通る石炭殻を敷きつめた道があって、母は「ここはちっとも変わってないわ」と言った。母の祖父母の家はまだ残っていたが、庭は放置されて雑草がはびこっていた。祖父母は村の教会の墓地に埋葬されていたが、ドイツには、かぎられた年数しか墓地に遺体を安置できないという法律があり、私たちが墓地を訪れたときには墓石はもうなくなっていて母ががっかりしていた。

進行がんと診断された直後の数週間、それが播種性疾患かどうかがわからず、すぐに死ぬかもしれないと思っていたとき、私はキッチンのテーブルに座ってその写真を眺めていた。物理学者は「ブロックタイム」について話す。ブロックタイムでは、過去も現在も未来もすべて等しく実在するという。アインシュタインの相対性理論と時空の方程式では、時間は前方にも後方にも進むことができる。なすすべもなく時間が前進することに必然性はない。私たちの人生を支配し、身体を老化させ、最終的には私たちを死に至らしめる時間の矢は、理論物理学的には存在しないらしい。現在は一つの場所であり、過去と未来は単に別の場所である。それは、私がこの瞬間にいる場所が、地球上の多くの場所の中の一つであるのと同じことだ。若い母の目を見つめ、私自身の人生もおそらく終わりに近づいていることを考えていたら、私は、過去、現在、未来が一体となったブロックタイムの中で生きているのだと、かつてないほど強く感じた。

あとがき

放射線治療が終わって六カ月後、再びPSAの検査をした。すでにがんが再発している可能性はほぼないはずだとわかっていたが、PSA値を調べる血液検査までの数週間、その結果が不安で、他のことはほとんど考えられなかった。午前一一時には電話しますと言われていたのに、電話が鳴ったのはその二時間後だった。私のPSAは0・1まで下がったと告げられた。これ以上ないほど低い数値である。ただし、それは私が治癒したという意味ではない（家族や友人はみなそう思いたがるが）。私のPSAが一番高かったとき、五年以内に再発する確率は七五パーセントだった。しかし、再発したとしても化学療法を試すことができるので、確実とは言えないが、おそらくあと数年は生きられるはずだ。不確実な状況はチリチリするような不安を生む。だが、だからといって、と私は自問した、いったいおまえは何を望んでいるんだ？　永遠に生きることか？　年を取って衰えることか？　そして、またしても私は、私の死の不可避性——実際、それは必然性でもある——を受け入れることができないでいる自分の滑稽なまでの弱さに驚嘆する。

電話で知らされた結果にすっかり安心した私は、私の人生ががんと診断される以前に戻るだろうという誤った楽観主義に満たされたのだった。化学的去勢を一年間つづけた後、疲労と筋力低下を主とする副作用は非常に不快で耐えがたいものになっていた。私は「おそらく、気力が出ないのは不安のせいだったのだから、これからは改善されるだろう」と思うことにした。少なくとも、六カ月後のPSA検査まで、がんの再発を心配する必要はない。しばらく私は自由になれる。

ところが、安堵は長くつづかず、一〇〇日後、プーチンがウクライナに侵攻した。私は再び慢性的な不安と没入の状態に陥り、がんのことは完全に忘れていた。

三〇年前に私が初めてウクライナを訪れたとき、ソビエト社会の縮図を反映したような医療制度に出会った。言い換えると、その制度は、異論を一切受けつけない全体主義者の教授たちに支配されていた。私は自分が臨床医としての役割だけでなく政治的な役割を担っていると思っていた。私は、若い医師が、彼らを支配する画一的で自由のないヒエラルキーに反抗するのを助けていたからだ。しかし、思い返すと、自分は世間知らずで、見たものの多くを誤解していて、実はウクライナの医療にほとんど貢献できなかったのかもしれない。それでもそこで親しい友人がたくさんできたし、この国が私の第二の故郷だと思うようになっていた。ウクライナは一九九一年の独立以来、ロシアのくびきにつながれた過去から逃れようと苦闘してきた。ウクライナが現在享受している自由は、もしそれがロシアに拡がれば、プーチン大統領の専制的な独裁政治にとって致命的な脅威となるだろう。プーチンは、そんなことになるくらいなら、兵士たちに大量殺人や残虐行為を実行させたいと考えているのかもしれない。

この本を執筆している二〇二二年の春の時点では、ウクライナが破滅的な打撃を受け、数千人もの人々が死亡し、数百万人が避難生活を余儀なくされるだろうことを除けば、何が起こるかを予測することは不可能である。しかし、ウクライナ人は死ぬまで戦うだろう。私には彼らがそうするだろうことがわかっていた。彼らには代わりの選択肢はないのだ。

私はリヴィウとキーウの友人たちに毎日電話をしている。空襲警報のサイレンが聞こえてくることもある。ウクライナの友人たちと同じく、私もメディアの報道により戦争の経緯をよく知っているので、私たちは、皮肉にも、プーチンと彼の兵士たちが犯している戦争犯罪と天気の話題をいっしょに話している。彼らの生活と私の生活を単純に比べることはできないが、彼らは私の声を聞き、彼らが今生きている悪夢の向こうにはもっと平和で開けた世界がまだあること、そして世界中で多くの人々が自分たちの運命を案じていることを知りたがっているのだと思うのだ。私の母の人生がそうであったように、友人たちの人生も根底から変わってしまった。私は、自分が生きている間に、これほど恐ろしい形で歴史が繰り返されるとは夢にも思わなかった。ウクライナをまたこの目で見ることができるのか、あるいは友人たちに再会できるかどうか、私にはわからない。しかし、私たちは楽観的でありつづける義務がある。それをせず諦めてしまったら、悪が確実に勝利を収めるから。私は必ず戻る。

謝辞

本書の草稿を読んで、非常に有益なコメントをくれた多くの友人たちに。ロバート・マクラム、J・P・デヴィッドソン、エリカ・ワーグナー、サラ・マーシュ、レイチェル・クラーク、デヴィッド・フィックリング、ジーナ・コーエン、ジョン・ミルネス、ポール・クレンペラー、ペドロ・フェレイラ、ロマン・ゾルトフスキーに感謝を捧げたい。

そして、私の編集者で、私が提出した混乱の山を整理するというたいへんな役割を果たしてくれたビー・ヘミングに改めてお礼を言いたい。エージェントのジュリアン・アレクサンダーからのサポートは他の追随を許さないほど見事だった。なにより、妻のケイトの愛と励ましがなければ、本書は決して日の目を見ることはなかっただろう。

解説

仲野 徹

ヘンリー・マーシュ先生。会ったことのない著者は呼び捨てにするのが習わしだろう。しかし、マーシュ先生の処女作を読んだときから、先生とつけて呼びたくなってしまっている。

医学部を卒業したが、医業を営まずに生命科学の基礎研究に従事していた。とはいえ、もちろん医師の友人も多い。医師同士は互いを「○○先生」と呼び合う。いささかおかしな習慣だと思うのだが、たとえ同級生同士という親しい間柄であってもそう呼ぶことがあるくらいだ。しかし、そんな理由で「マーシュ先生」と呼びたくなったわけではない。なんだか、どこかで会って話をしたことがあるような親近感を覚えたからだ。

マーシュ先生は脳外科が専門で、基礎研究の経験はお持ちではなさそうだ。私といえば、内科医として三年間勤めたことがあるとはいえ、その後は研究ばかりしていた。だが、医学部の教授として学生たちに長い間教育をしていたので、医学や医療についてはそれなりの考えがある。永年の臨床経験に裏付けられたマーシュ先生のお考えとはレベルが違うけれど、僭越ながら、考え方がとても似ていると感じたのだ。

「ヒポクラテスの誓い」という宣誓文がある。医療の倫理や実践について、古代ギリシア時代に作られたものだ。マーシュ先生が二人目の妻である社会人類学者ケイト・フォックスの勧めによって出版された一作目の原題 *Do No Harm* は、そこからとられたものである。この誓い、実際にはヒポクラテスが作ったものではないようだが、「害をなすなかれ」という意味だけでなく、医聖につながる有名な言葉をタイトルに用いたところにマーシュ先生の心意気が感じられる。

その本、邦題である『脳外科医マーシュの告白』(NHK出版)からわかるように、マーシュ先生が赤裸々に語られる脳外科医としてのさまざまな経験が主な内容である。父はオックスフォード大学で教鞭をとったこともある高名な人権派弁護士、母は反ナチス的な発言を密告されドイツから逃れてきた書店主だ。有名パブリックスクールからオックスフォード大学に進み、政治学・哲学・経済学を学んだのも自然なことだったろう。

大学入学前には、アフリカの僻地で英語を教えるボランティアをするなど二年間の空白があったが、生え抜きのエリートコースだ。ここまでは順調だったが、失恋の絶望感から大学を離れ、北アイルランドにある炭鉱町の病院でポーターとして働きはじめる。そこでのさまざまな経験から医師になることを決意し、学業にもどることになった。

卒業して一年半のとき、脳手術を初めて見学した瞬間、脳外科医になることを決意する。この天恵のような決断とその後の脳外科医としての活躍から考えると、天職と言って間違いない。しかし、「わたしはよい外科医でありたいと思っているが、どう考えても偉大なる外科医ではない。わたしが覚えているのは成功——成功したと自分では思っている——例ではなく、失敗例だからだ」と綴られているように、マーシュ先生は自分の働きに自信を持っておられるけれど、あくまでも謙虚だ。

一方で、手術がうまくいった場合には、患者さんが自分に対して必要以上に感謝しているのではないかと照れてしまう。謙虚すぎるではないか。優れた技量だけでなく、その経歴や医療に対する姿勢が素晴らしい。なりたくはないけど、もし脳腫瘍になったらこんな先生に診てもらいたい。

『脳外科医マーシュの告白』にはさまざまな医療経験が描かれているが、特筆すべきは、ソビエト連邦崩壊後すぐの一九九二年から始めたウクライナでの活動だ。意欲的だが医学界から異端視されていた脳外科医イーゴル・グリレッツと友情を結びながら、二〇年以上にわたりキーウでの脳外科支援に全力を尽くす。その姿は、日本では公開されなかったが、*The English Surgeon*（イギリスの外科医）というドキュメンタリー映画になっている。

イメージ通りだった。映画で見るマーシュ先生は、黒縁の丸眼鏡のよく似合う、優しそうな、しかし芯が強そうな人だ。すでに経歴を知っていたからかもしれないが、少なからぬ陰影が感じられる。ユーモアにあふれ穏やかだけれど、仕事に対しては厳しく、時には激しく怒ったりする。

「医師は、医学の「アートとサイエンス」について語るのが好きだ。しかし、医学を「術（アート）」と「科学（サイエンス）」に分けて考えるのはずいぶん傲慢ではなかろうか。わたし自身は、医学とはむしろもっと実践的な職人技であり、長い歳月をかけて習得するものだと思っている」

マーシュ先生は根っからの職人、究極の脳外科職人だ。

『脳外科医マーシュの告白』が現役時代の華やかな記録――と言うとマーシュ先生に叱られそうだが――とすれば、二作目『医師が死を語るとき――脳外科医マーシュの自省』(みすず書房)は、引退した後の、以前よりは穏やかだが悩みのつきない日々を描いた本だ。友人のデヴが経営するネパールの脳外科病院での日々、ライフワークともいえるウクライナでの活動、そして、終の棲家として購入した「水門管理人のコテージ」の改修作業などが語られていく。

「水門の管理人のコテージを見つける四カ月前、二〇一四年六月のことだ。私はかっとなってロンドンにある病院を退職することに決めてしまっていた」

マーシュ先生の本は、イングランドのNHS(国民健康サービス)をはじめとする医療制度に対する不満も隠れたテーマかもしれない。辞表を出した理由は、勤務していた病院の医長から、ドレスコードを守らなかったがために懲戒処分を宣告されたことによる。スーツとネクタイを着たまま診療したというのがその理由だ。他にも「せっかちで無愛想」なマーシュ先生にとってはくだらないと思える仕事が増えてきたし、医師になってから四〇年、あまりに多くのことが悪い方向に変わってしまったという意識があったのも大きかった。英国ほどではないにしても、日本も似たようなところがあるかもしれない。

退職の二週間前にトラブルを引き起こしてしまう。腫瘍を摘出した手術の翌朝、経鼻胃チューブを抜くように看護師に指示した。しかし、言語療法士のチェックなしにそれはできないという。そもそも入れる必要のない経鼻胃チューブだったと考えるマーシュ先生は腹を立て、看護師の鼻を引っ張ってしまう。

「着実に権威を失い、信頼が低下し、そして医療業界の悲しい衰退に直面してきたことへの長年の不満と落胆が、突然爆発したのだった」

やってはいけないことだが、マーシュ先生らしいではないか。深く反省し、謝罪されたのは言うまでもない。「患者からの感謝の気持ちが込もった手紙や写真。プレゼントや表彰盾」や、「告訴された症例に関する書類や苦情の手紙」などを片付けてオフィスを後にした。六五歳のときだが、「後悔はまったくなかった」という。

そしてネパールに旅立った。三〇年前、共に脳外科の研修をうけたデヴの病院を手伝うために。ネパールの医療事情はきわめて悪い。そのような国では、非常に高価な機器を必要とし、失敗や達成がないことも多い神経外科はある意味「贅沢品」である。デヴは一人、そんな国で三〇年間がんばってきた脳外科医だ。病状がきわめて悪くなってから、脳腫瘍なら先進国では見られないほど大きくなってから、運ばれてくる患者も多い。治療をしても意味がないとわかっていても、懇願されてやむなくおこなうこともある。もちろん良くならない、あるいは、かえって状態を悪くするようなこともある。このような国では、死が身近だ。

マーシュ先生の考えは、無駄な希望は抱くべきではないというものである。ハーバード大学教授アトゥール・ガワンデが、進行を止めることができない疾患である末期がんと認知症になったときにどうすべきかを説いた『死すべき定め――死にゆく人に何ができるか』（みすず書房）を思い出していた。

全米で一〇〇万部を売り上げたというこの本の最大のメッセージは、いまを大事にすることである。死についてのマーシュ先生の考察はガワンデに似ているだけでなく、同じくらい深い。

若いころのさまざまな思い出など、紹介したいことは山ほどあるが、そこは読んでいただくしかあるまい。ただ、「記憶にあるかぎり、私は神を信じたことはない。一瞬たりともだ」という完全に無神論的な考えと、悲しいことにイーゴルと決別してしまったこと、それから、幸いなことにコテージの改修は順調に進んでいったことは記しておきたい。

古代インドからヒンドゥー教に由来する四住期（しじゅうき）という考えは、人生を学生期（がくしょうき）、家住期（かじゅうき）、林住期（りんじゅうき）、遊行期（ゆぎょうき）という四つのステージに分ける。それぞれ、学び成長していく期間、家庭を設け仕事に励む期間、世俗を離れ自由に生きる期間、人生の終焉を迎えつつある期間、に相当する。マーシュ先生の「三部作」はいずれもエッセイ集なので、その内容は時代を行ったり来たりする。それでも、おおよそ、『脳外科医マーシュの告白』が学生期と家住記、『医師が死を語るとき』が林住期、そして本書『残された時間』が遊行期に相当する。「人生の終焉を迎えつつある期間」というのは失礼ではないかと思われるかもしれないが、この本を読みはじめればすぐに納得できるはずだ。

まず紹介されるのは、「老化の兆しがほとんど見られない稀有な人間である」ことが証明されると思い込みながら受けた脳のMRI画像についてである。そこには紛れもなく進行中の「老い」があった。「患者や友人たちに、よほどの問題でもなければ脳のスキャンをしない方がいいとアドバイスしてきた」のは正しかったのだ。自分が、自分の脳が「腐りはじめて」いて、「命の期限が切られた」

不安にさいなまれる。さらにその二〇ヵ月後、進行性前立腺がんの診断を受けた。

「本気で感情移入したら、つまり、患者の気持ちをそのまま感じるとすれば、医師という仕事はできないだろう」

患者としては受け入れたくないかもしれないが、これはおおよそ真実だ。そのような医師として患者を診る側だったのが、患者として医師に診られる側に移り、あらたな思索が展開されていく。エリザベス・キューブラー・ロスは、古典的名著『死ぬ瞬間――死とその過程について』(中公文庫)で、死を受け入れるには、否認、怒り、取引、抑うつ、受容の段階を経ると説いた。必ずしも当てはまるものではないとされているが、マーシュ先生は時系列的ではなく、同時並行的に受け入れていかれたようにみえる。豊富な経験と死についての熟考がすでにあったからこそだろう。

それでも第一部のタイトルは「否認」となっている。老いや死を意識したとき、マーシュ先生に思い出されたのは、完全に忘れていた昔の患者のこと、ネパールでのトレッキング、自らの手で二〇年も改修をつづけた家、ウクライナでの医療やそこで診察したスナイパー、左右を間違えて手術してしまった医療ミス、専門だけど十分な技量がなかったのではないかと考えてしまう聴神経腫瘍の手術、孫娘のために作るドールハウス、何かを作ろうと買い貯めた多くの木材など、さまざまだ。もしかすると、そういった思い出や行動に逃避したということなのかもしれない。新型コロナ禍とも重なり、引退した医師への復職の呼びかけに応じることにしたタイミングでもあった。人生とはなんと複雑なものなのか。

第二部「治療的破局化」には、屋根の修繕詐欺にひっかかったような話もあるが、多くは前立腺がんの治療——化学的去勢と放射線治療——と、その過程において考えたことである。タイトルの治療的破局化とは、考えられる最悪のシナリオ——当然、死に終わる——を想像し、「いったんそれを脇に置いて」、「人生に残されたことをやり遂げる助け」にすることを指す。一方で、それとは真逆に、「都合のいい作り話を信じこもうとする」こともあった。

「私は死にたくない。そもそも死にたい人などそうはいない。だが、言うまでもなく、老いてよぼよぼになるのもいやだ」

人生と同じく人間も複雑だ。マーシュ先生の揺れ動く気持ちがさまざまな角度から詳しく述べられているのがとてもいい。

「いつまでも幸せに」が第三部である。「私が求めるべきは、あと数年よい人生を過ごすことだけだ」と考え、安楽死や自死幇助、そして認知症に考えをはせる。「私たちは誰でも死を恐れるが、信仰を持つ人にはさらなる恐れがある」というのはかなり逆説的な感じがするが、無神論者マーシュ先生の真骨頂というところだ。

全編を通じて、マーシュ先生の興味の広さには驚かされる。量子力学、顕微鏡の威力、神経伝達物質、新型コロナ、高山病、睡眠、夢、進化人類学、「おばあさん仮説」、宇宙論、光に反応するタンパク質であるオプシン、意識と無意識などなど。何かをきっかけに、じつにさまざまなことがわかりやすく説かれていく。こういったことのできる人こそが真の教養人だ。

以前の二作を読んだ人にはもちろん、読んでいない人にも十分楽しめる内容になっている。重要な出来事や考えは、簡潔にではあるが、この本でも繰り返して紹介されているからだ。良かったことばかりではなくて、悪かったことについても。もちろん、前作を読んだ人は、マーシュ先生との再会を心から楽しめる。

一作目の延長だろうと予想して二作目を読んだとき、トーンの違いにかなり意外な感じがした。この三作目も、前二作とはかなり異なった印象を受けた。もちろん通底する考え方は同じなのだが、語られる対象の違いが大きいためだろう。年齢を重ねられたし、ご自身の病気のことなどもあってトピックスは暗くなっていると言わざるをえない。しかし、マーシュ先生の姿勢は決してそうではない。何があっても光明を見出していく。ウクライナについても同様だ。

『残された時間』は、あとがきだけがロシアのウクライナ侵攻後に書かれている。そこでは、戦争によって「私の母の人生がそうであったように、友人たちの人生も根底から変わってしまった」、「ウクライナをまたこの目で見ることができるのか、あるいは友人たちに再会できるかどうか、私にはわからない」としながらも、

「私たちは楽観的でありつづける義務がある。それをせず諦めてしまったら、悪が確実に勝利を収めるから。私は必ず戻る」

と締めくくられている。さすがはマーシュ先生！

「年を取って死に近づいて初めて、自分自身と自分の過去について理解できるようになったのはなぜだろう？」

それはあなたが真摯に生きてこられた証しでしょう。この本の原題は *And Finally*、「そして最後に」とでも訳せばいいのだろうか。マーシュ先生の四作目を読んでみたいが、このタイトルを見たら、残念ながら次はなさそうな気がしてしまう。

マーシュ先生、ありがとうございました。そして、さようなら。

著者略歴

(Henry Marsh)

脳神経外科医，作家．2010年に大英帝国勲章を授与された．2015年にNHSでのフルタイムの仕事を引退してからは海外での活動や講演を続けている．人類学者のケイト・フォックスと結婚し，ロンドンとオックスフォードに在住．著書に *Do No Harm: Stories of Life, Death and Brain Surgery* (Weidenfeld & Nicolson;『脳外科医マーシュの告白』NHK出版) *Admissions: A Life in Brain Surgery* (Weidenfeld & Nicolson;『医師が死を語るとき』みすず書房) がある．

訳者略歴

小田嶋由美子〈おだじま・ゆみこ〉翻訳家．明治大学大学院法学研究科修了．訳書にヤング『インターネット中毒』(毎日新聞社) アング『デジタル写真大事典』(共訳 エムピーシー) ガワンデ『予期せぬ瞬間』(共訳) ウェスタビー『鼓動が止まるとき』プリスビロー『意識と感覚のない世界』コセフ『ネット企業はなぜ免責されるのか』ラーソン『ワクチンの噂』フィッシャー『依存症と人類』(以上みすず書房) 他多数．

監修者略歴

仲野徹〈なかの・とおる〉大阪生まれ．大阪大学医学部医学科卒業後，内科医から研究の道へ．ドイツ留学，京都大学医学部講師，大阪大学微生物病研究所教授を経て，2004年から大阪大学大学院医学系研究科病理学教授．2022年退官．2012年，日本医師会医学賞受賞．著書に『エピジェネティクス』(岩波新書)『こわいもの知らずの病理学講義』(晶文社)『仲野教授の笑う門には病なし！』(ミシマ社)『考える，書く，伝える 生きぬくための科学的思考法』(講談社+α新書) 他多数．

ヘンリー・マーシュ
残された時間
脳外科医マーシュ、がんと生きる
小田嶋由美子訳
仲野徹監修

2024 年 4 月 1 日　第 1 刷発行

発行所 株式会社 みすず書房
〒113-0033 東京都文京区本郷 2 丁目 20-7
電話 03-3814-0131(営業) 03-3815-9181(編集)
www.msz.co.jp

本文印刷所 精文堂印刷
扉・表紙・カバー印刷所 リヒトプランニング
製本所 東京美術紙工
装丁 安藤剛史

ISBN 978-4-622-09692-4
[のこされたじかん]